더 이상 다이어트는
하지 않습니다

일상 다이어터를 위한 심리학

더 이상 다이어트는 하지 않습니다

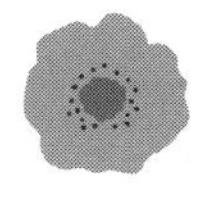

카리나 멜빈 씀 | 신현승 옮김

moRan

일러두기

1. 저자와의 협의 하에 원서의 일부를 의역하였으며, 필요한 부분은 역자 주를 덧붙였습니다.
2. 위첨자의 숫자는 저자의 참고문헌입니다.
3. * 표시는 역자 주입니다.

지금 시작해도 결말이 달라질 수 있다

나는 심리학자와 정신분석 심리치료사로 10년 넘게 공부하고 일하면서 사람들은 말과 행동이 따로 놀기 일쑤라는 걸 자연스럽게 깨달았습니다. 이건 인간이어서 가능한 일이지요. 인간답다는 건 입력된 대로만 움직이지 않는다는 뜻이기도 합니다.

특히 몸을 대할 때면 말과 행동이 다른 모순이 극명하게 드러납니다. 체중을 줄여 건강해지고 싶다고 말하지만 너무나 많은 사람들이 실패하죠. 이상적인 몸을 가지고 싶은 욕망은 누구보다 크지만, 그래서 살을 빼려고 엄청난 공을 들이며 많은 시간과 돈과 정신적인 에너지를 소모하지만 실패를 거듭합니다. 모르긴 몰라도 이 글을 읽는 분들에게도 익숙한 일일 겁니다.

우리는 TV토크쇼, 블로그, 책, 다이어트 시술, 보충제, 체중 감량 클럽, 건강식품 회사 등 수많은 경로를 통해 넘치도록 정보를 얻습니다.

'더 적게 먹어라, 건강식을 먹어라, 더 많이 움직여라.'라는 메시지와 끊임없이 마주칩니다. 그런데 왜 이런 방법이 통하지 않는 걸까요? 그럼에도 불구하고 왜 비만은 계속 증가하는 걸까요?

이제 '다이어트'는 시효가 다한 것 같습니다. UCLA에서 진행한 많은 연구에 따르면, 다이어트를 시작한 사람들의 3분의 2가 실패했을 뿐 아니라 체중이 되레 증가할 확률이 높았다고 합니다.[1] 실제로 공식적인 체중 감량 프로그램에 참여한 사람들은 2년 후에 훨씬 더 체중이 늘어나기도 했습니다. 결국 다이어트를 하면서 얻는 한 가지 확실한 것은 다이어트 이전보다 체중이 더 늘어난다는 것이죠! 다이어트를 통해 지속적인 체중 감량에 성공한 사람들은 극소수에 불과합니다.

사실 지속적인 체중 감량을 하려면 무엇을 먹느냐가 중요한 게 아닙니다. 정작 중요한 것은 왜, 그리고 어떻게 먹느냐는 것입니다. 나는 심리학자로 일하면서 자기 몸과 먹는 것 때문에 힘든 사람들을 많이 만났습니다. 그들은 건강식에 집착하고 좋은 식습관을 알려 주는 블로그와 소셜 미디어를 서치하고 강좌도 수강합니다. 겉으로는 긍정적으로 노력하는 것처럼 보이지만 사실은 체중 감량 싸움에서 가장 중요한 핵심을 놓치고 있습니다. 그것은 바로 '마음'입니다.

어떤 사람들은 단순히 '칼로리 인, 칼로리 아웃(calories in, calories out)' 접근으로 과체중이나 비만을 해결하려 듭니다. 대부분은 오랜 기간 살이 빠지고 도로 찌는 걸 반복하면서 음식이 지배하는 삶 속을 헤매지요. 칼로리 제한을 엄격하게 잘 지키면 좋은 날, 못 지키면 나쁘고 괴로운 날이 되는 겁니다. 그러다가 우울감에 폭식하면서 계속 걱정만 하죠.

이는 인간관계를 비롯한 삶의 여러 가지 부분에 부정적인 영향을 미칩니다. 겉으로는 자신만만해 보이지만 사실은 몸무게와 치열하게 싸우고 있는 자기 내면을 아무에게도 내보이지 못하면서 자꾸만 움츠러듭니다. 불안하고, 스트레스가 심하고, 우울하며, 남의 시선을 자꾸만 의식하는 사람이 되는 걸 저는 수도 없이 목격했습니다.

연구에 따라 차이는 있지만 다이어트를 하고 있거나, 해야 한다고 생각하는 사람들이 80퍼센트에 달한다는 조사결과도 있습니다. 자기에 대해 만성적인 불만을 가진 사람들이 그만큼 많다는 뜻이죠.[2] 만약 이 80퍼센트에 속한다면 지금까지의 잘못된 생각을 다 지우고 자기 몸 있는 그대로 건강한 체중 감량에 도전하는 방법을 다시 배워야 하지 않을까요? 자기를 사랑하고 존중하는 법을 새로 배워야 할 때라는 생각이 듭니다.

저는 자신의 몸을 존중하는 법을 알려 주고 싶었습니다. 어떤 몸이든 제일 중요한 건 자신감입니다. 몸에 대한 자신감을 잃는 건 자기 자신에 대한 자신감을 잃는 것이나 마찬가지입니다. 저도 타지생활에서 급속하게 살이 찐 적이 있어서 이를 너무나 잘 알고 있습니다.

분명히 말하지만, 옷 사이즈나 체중계 수치로 좋고 나쁨이 결정되어서는 안 됩니다. 신체 사이즈에 상관없이 멋있고 우아해 보이며, 타인을 끌어당기는 사람들이 있습니다. 그들이 매력적인 까닭은 행복하고 자신감 넘치고 스스로를 그렇게 대하고 있기 때문이랍니다. 이 책을 쓴 이유가 바로 여기에 있습니다. 체중 감량에 대한 유행 타는 정보들은 넘치는데, 시간이 흐를수록 자기 몸에 대한 만족감이 떨어지는 그런 분들에게 다시 자신감과 활력이 넘치는 삶을 찾아주고 싶었습니다.

사람들이 가지고 있는 가장 큰 오해는 적게 먹고 더 많이 움직이면 살을 뺄 수 있다고 믿는 것입니다. 그렇게 했는데도 살이 안 빠지면 어떡하란 말인가요. 그릇된 믿음은 사기를 떨어뜨립니다. 살을 빼지 못했다는 이유로 게으르고 바보 같다는 자괴감까지 들게 됩니다. 그러나 이 책의 도움을 받으면 먹고 싶은 음식을 즐기면서도 살을 빼는 방법, 자기가 만족하는 체중을 찾게 될 것입니다. 물론 즐기는 것은 폭식과는 다른 개념입니다. 이름하여 '아트풀 이팅 Artful Eating'이라는 접근법입니다.

아트풀 이팅은 과학적 · 심리학적 연구에 기반을 두고 제가 개발한 프로그램입니다. 즐겁게 먹으면서도 음식 스트레스가 없으며 활기찬 생활을 할 수 있게 라이프 스타일을 바꾸는 제안입니다. 격렬한 운동요법이나 엄격한 식사 계획 따위는 없습니다. 단지 지속적인 변화를 도와주는 심리적 해법이 있을 뿐입니다.

이 책에는 사례 연구, 스토리, 레시피 등 유용한 정보들이 가득합니다. 일종의 심리학에 기반한 가이드라고 보시면 좋을 듯합니다. 아트풀 이팅의 핵심 철학은 '음식은 적이 아니다!'라는 것입니다.

심리학, 심리치료, 정신분석학, 중독학 분야에서 10년 동안 내가 배운 모든 것과 체중 감량 전문가로서의 모든 경험을 이 책에 담았습니다. 마음을 불안하게만 하고 도움은 안 되는 갖가지 다이어트 정보들을 과감하게 지워 버릴 수 있게 올바른 방식을 제공하고자 애썼습니다. 얼마나 쉽게 자신이 원하는 몸을 만들 수 있는지 알게 된다면 아마 깜짝 놀랄 것입니다.

오늘은 항상 늦지 않은 시간입니다. 지금 시작해도 결말이 달라질 수 있답니다. 이 이야기의 결말은 당신이 작성하는 것이니까요. 변화를 느끼려면 토끼가 아닌 거북이여야 합니다. 천천히 서두르지 말고, 자신의 몸을 알아 가며, 살을 빼려고 몸부림치는 게 아니라 즐기면서 변신에 성공하길 기원합니다.

차례

수도 없이 갖다 버린 시간과 돈

반복되는 요요

다이어트,

몸 못지않게 마음도 상처를 받는다.

1장

무엇을 알아야 하나

다이어트가 소용없음을 깨달은 사건

나는 스물한 살에 석사 학위를 따려고 런던으로 갔다. 난생처음 집을 멀리 떠나 독립 생활을 시작했다. 대학을 다닐 때도 집을 떠나 있긴 했지만, 늘 엄마가 계신 집에 들락거렸다. 엄마가 먹을거리에 빨래까지 다 해결해 주셨다. 좀 창피하지만 그때까지도 엄마 품에서 온전히 벗어나지 못했다. 그래서 런던으로 갔을 때 나는 무척 들떠 있었다.

햇빛이 잘 드는 큰 창문이 있는 침실에 넉넉한 사이즈의 욕실, 약간 삐걱거리는 나무 계단을 따라 위로 올라가면 예쁘고 환한 거실과 부엌, 그리고 런던의 전경이 한눈에 들어오는 발코니가 있는 곳. 나는 시트콤 〈프렌즈〉에 나오는 모니카의 아파트를 연상시키는 그곳에서 얼른 '소꿉장난'을 하고 싶어 안달했던 것 같다.

룸메이트 엘레나는 이탈리아계 미국인으로 뉴욕주 출신이었다. 나보다 나이가 많아서 세상물정에 밝았고, 우리는 제법 잘 지냈다. 엘레나와 함께 살면서 나는 그녀로부터 많은 것들을 보고 배웠다. 항상 나를 도우며 잘 이끌어 주었다. 마치 '아일랜드인 유모'라도 된 것처럼 세탁과 청소하는 법을 가르쳐 주었고, 내가 잘 모르는 요리와 쇼핑도 도맡았다. 겉으로 보기에 그녀는 유능하고 자신감과 카리스마가 넘쳤다. 하지만 그녀의 내면은 행복하지 않은 걸 곧 알게 되었다.

엘레나는 척추측만증에다 오랜 세월 체중과 씨름하고 있었다. 통증 때문에 운동도 쉽지 않았다. 그녀는 어릴 때부터 비만탈출캠프에 보내졌다고 했다. 나로서는 도저히 이해할 수 없는 전형적인 미국식 해법이지만 어쨌든 그녀는 '비만탈출캠프 카운슬러'로 졸업했다. 하지만 그것이 자신의 체중 문제를 완전히 극복한 증표는 되지 못했다. 그녀는 항상 먹는 것을 조심했고, 자라는 동안 단 한 번도 다이어트를 멈춘 적이 없었다.

그런 엘레나가 우리의 쇼핑과 요리를 전담하게 되면서 나는 이제까지와는 전혀 다른 식생활을 경험하게 되었다.

일단 아침식사는 주로 저지방우유를 곁들인 밀기울 플레이크, 그리고 점심식사는 발사믹 식초로 볶은 양배추 같은 특별한 맛이 나지 않는 단조로운 음식을 먹었다. 정말 형편없는 맛이었다. 엘레나는 식용유는 지방이고, 지방은 나쁜 것이라 당연히 식용유를 쓰면 안 된다면서 '건강에 더 좋다'는 이유로 발사믹 식초로 요리했다. 그러다 저녁때가 되면 배고픔을 견디지 못한 우리는 쓰레기 같은 남은 음식들을 다 먹어치우고도 길 건너 식당에서 음식을 더 사왔다. 그렇게 '좋은 것'으로 시작하여 '나쁜 것'으로 끝을 맺는 악순환이 시작되었다. 절식과 폭식을 반복하는 이런 악순환은 음식과 나와의 관계를 훼손시키고 말았다.

우리는 다이어트 전용식이라는 라벨이 붙어 있지 않으면 사지 않았다. 그건 나쁜 음식을 의미했다. 저지방이라고 쓰인 우유와 빵, 치즈와 소스 같은 것들을 주로 먹었다. 모두 맛과 만족도가 낮은 것들이었다. 나는 배가 고파도 먹지 않고 체중계 눈금에 집착했다.

그런데도 살이 빠지기는커녕 점점 뚱뚱해졌다. 더 이상 맞는 옷이 없어 새 옷을 사야 할 정도였다. 도통 무슨 일이 벌어지고 있는지 이해할 수 없었다. 설상가상으로 엘레나는 체중 감량에 도움을 준다며 미국에서 가져온 여러 가지 보충제까지 건넸다. 그 보충제는 먹지도 않고 쌓여갔다. 머릿속은 온통 음식 생각뿐이었으니까.

극도로 불안해졌다.

'도대체 왜 체중이 줄어들지 않고 오히려 늘어나는 걸까.'

참담했다. 엘레나와 함께 사는 것이 좋았고, 런던에 있는 것도 좋았다. 하지만 피부는 까칠해졌고, 더 이상 아무 걱정 없이 자신감 넘치던 내가 아니었다. 사회생활도 편치 않았다. 특히 모르는 사람들과 함께 있을 때는 몹시 불편했다. 체중 조절에 별짓을 다 하는데도 뭐가 문제인지 알 수 없었다. 모든 것이 잘못 돌아가고 있었다. 그 중 첫 번째가 바로 다이어트였다.

석사과정을 마친 후 나는 곧바로 엄마가 계신 집으로 돌아왔다. 일 년 동안 만나지 못했던 친구들은 내 모습을 보고 경악했다. 친구들의 놀란 표정에 나는 나지막이 혼잣말을 중얼거렸다.

'난 집에 왔어. 모두 다 잊어 버릴 거야.'

다이어트에 덤벼들지도 않았다. 그냥 숨만 쉬기로 했다. 엄마가 매일 점심으로 만들어 주었던 환상적인 야채수프와 엄마표 집밥을 다시 즐겼다. 그리고 다른 것에 집중하기 시작했다. 직장을 구했고, 남자를 만나고, 살 곳을 다시 구했다. 다이어트를 멈추고 내가 정말 좋아하는 음식을 먹기 시작했다. 그러자 말 그대로 살이 쭉쭉 빠져나갔다. 8~10개월 만에 예전의 내 모습으로 다시 돌아왔다.

다이어트는 효과가 없다. 사실 다이어트는 대부분 체중이 더 불어나는 역효과를 낳고 있다. 나를 포함한 많은 사람들이 그 증인이다. 이 책을 읽는 분들도 역시 그럴 가능성이 크다! 그래서 왜 다이어트가 효과가 없는지 알아보고, 실천 가능한 체중 감량과 감량한 체중을 유지하는 방법도 공유하고자 한다.

어떻게 살아왔는지 느껴야 한다

3천 명의 영국 여성들을 대상으로 조사한 결과, 평균적으로 체중 감량에 2만5천 파운드*를 지출하는 것으로 나타났다.[1] 엄청난 돈이다! 여기에다 계량하긴 힘들지만 불어난 몸집과 아웅다웅하면서 소모한 정신력과 심리적 고통까지 더하면 자괴감이 들지도 모르겠다. 아래 리스트를 보면서 '나 자신은' 지금까지 체중 감량을 위해 얼마나 많은 시간과 돈과 에너지를 소모했는지 점검해 보자.

다이어트에 쓴 돈

- 유행하는 다이어트 정보 입수 ______ 원
- 특별한 식재료나 보충제 ______ 원
- 독소 배출 프로그램이나 의약 보조제 ______ 원
- 운동기구와 헬스용품 ______ 원
- 운동이나 개인 레슨비 ______ 원

---

* 한화 약 3천7백만 원, 이후 단위는 한국 사용 단위로 변환함.

- 헬스클럽 회원권 ______원
- 다이어트 시술비 ______원

다이어트에 쓴 시간

- 외모를 걱정하는 시간 ______분
- 패션과 스타일에 고민하는 시간 ______분
- 먹는 것을 생각하는 시간 ______분
- 체중 감량을 다짐하는 시간 ______분
- 자신이 먹은 것에 죄책감을 느끼는 시간 ______분
- 먹지 않으려고 자신과 싸우는 시간 ______분
- 육체적으로 자기 몸에 불편함 느끼는 시간 ______분

자신이 써버린 시간과 돈을 계량하는 것은 '어림짐작'만으로도 충분하다. 핵심은 일부러 이런 질문에 묻고 대답해 봄으로써 '먹는 것과 몸'에 대해 부정적인 생각과 태도를 항상 갖고 있었다는 걸 깨닫는 것이다. 정말 놀랍지 않은가? 우리는 체중과 음식과의 관계에서 죄책감을 느끼거나 불행하다고 생각하는 데 너무 많은 돈과 시간을 쓰고 있다.

나는 지금까지와는 다른 새롭고 흥미로운 방식으로 자신의 몸을 이해할 수 있도록 유용한 정보를 여러분께 제공하고 싶다. 자신이 무

엇을 하고 있는지 이해한다면 뭐든 더 하고 싶어지기 마련이다. 이 책에서는 내 전공을 살려 주로 생리학과 심리학적 측면에서 체중 감량에 접근하고자 한다.

우리는 흔히 살을 빼려고 노력하면 내 몸도 똑같이 반응할 거라고 기대한다. 그러나 유감스럽게도 체중 감량은 그런 식으로 이루어지지 않는다. 다이어트는 그것을 엄격히 준수할 때에만 효과가 있다. 멈추면 곧바로 원래의 체중으로 다시 돌아간다.

따라서 이 책에서 제시하고 있는 '아트풀 이팅' 방식은 다이어트를 위한 단기적인 수단이 아니라 장기적인 생활 습관의 변화임을 인식하는 것이 매우 중요하다.

몸 따로 뇌 따로 마음 따로

내가 뺀 살은 어디로 갔을까? 대부분 이 문제에 대해 단 한 번도 생각해 본 적이 없을 것이다. 물리학자인 루벤 미어만(Ruben Meerman) 박사의 연구에 따르면, 보통의 지방 분자 성분은 'C55 H104 O6'라고 한다.[2] 이 분자식은 탄소와 수소와 산소의 결합이다. 우리 몸은 음식을 섭취하면 영양분은 흡수하고 남은 물질은 배설한다. 우리가 배설하는 것은 체중 감량과 아무 상관이 없다. 그냥 우리의 몸을 통과하며 지나갈 뿐이다. 지방 분자로 변하는 것은 우리가 섭취하는 음식으로부터 추출한 물질이다. 그렇다면 이 물질을 어떻게 몸 밖으로 내보낼 수 있을까?

지방 + 산소 = 이산화탄소 + 물

단지 이것만 기억하면 된다. 체중 감량은 이산화탄소와 수분을 빼내는 것으로 가능하다. 땀을 흘리고, 오줌을 누고, 호흡을 하면 자연스럽게 체중이 감량되는 것이다. 그런데도 살을 빼는 건 왜 이다지도 힘든 걸까.

뇌가 다이어트에 어떻게 반응하는지 알면 체중 감량이 왜 그렇게 힘든지 이해할 수 있다. 사실 우리는 먹는 양과 태우는 에너지의 양에 체중이 좌우된다는 걸 모두 알고 있다. 그 전에 먼저 알아야 할 중요한 사실은 배고픈 정도와 에너지 사용이 모두 뇌에 의해 조종된다는 것이다. 즉 내가 아무리 열심히 살을 빼고 있어도 뇌가 딴 생각을 하면 소용이 없다.

신경과학자 산드라 아모트(Sandra Aamodt)는 우리 몸이 온도조절기처럼 작용한다는 개념을 처음으로 내게 심어준 분이다*.[3] 그녀에 의하면 뇌는 자연스럽게 '설정값'을 정한다고 한다. 여기서 설정값이란 몸이 편안함을 느끼는 대략 5~7킬로그램 사이의 체중 범위를 가리킨다. 생활 방식에 따라 오르락내리락할 수 있지만 마른 사람이든 뚱뚱한 사람이든 내 몸은 어떻게든 이 설정값을 유지하려는 경향이 있다. 때문에 뇌가 정한 체중의 설정 범위를 벗어나는 것은 무척 힘들다.

시상하부는 뇌에서 체중 조절을 맡아서 몸에 살을 찌우거나 빼라고 알려 주는 십여 개의 화학 신호를 관리하는 기관이다. 이 시스템은 배고픔과 신진대사의 활동을 조정하여 컨디션 변화에도 체중을

* 국내에서는 2016년 SBS스페셜 다이어트 편에 소개됨.

안정적으로 유지하게 한다. 마치 실내 온도조절기 같은 것이다. 창문이 열려 있어 실내 온도가 내려간다 싶으면 온도조절기가 작동해서 보일러를 켜 같은 수준의 실내 온도를 유지하는 것처럼 말이다.

뇌는 이와 완전히 동일한 방식으로 작동한다. 음식 섭취를 제한하기 시작하면 뇌는 설정값을 유지하기 위한 노력으로 배고픔과 신진대사 활동을 조정하며 이에 반응한다. 따라서 다이어트로 칼로리 섭취를 줄이면 배고픔은 훨씬 더 강하게 느끼고 근육은 에너지를 적게 태우려고 한다. 이는 뚱뚱하거나 마른 몸에 상관없이 발생하는 현상이다. 연구에 따르면, 체중을 10퍼센트 줄인 사람들은 신진대사가 억제되기 때문에 매일 250~400칼로리를 적게 소모하는 것으로 나타났다.[4] 이는 체중 감량을 유지하려면, 다이어트를 하고 있을 때뿐만 아니라 평소에도 꾸준히 적은 양의 음식을 섭취해야 한다는 것을 의미한다.

체중 감량에 대한 몸의 저항은 진화론적 관점에서 보면 더욱 일리가 있다. 인류 역사를 통틀어 굶주림은 늘 과식보다 훨씬 심각한 문제였다. 따라서 체중 감량에 몸이 저항하는 것은 너무나 당연하다. 인간의 생존 능력은 에너지를 아껴 쓰다가 음식 섭취가 가능해지면 얼마나 빠르게 체중을 다시 회복하느냐에 달려 있었다. 다이어트를 포기하고 난 뒤 누구나 한번쯤 경험했을 법한 요요현상의 진실이 바로 이것이다. 각자 몸이 정한 체중의 설정값은 올리는 것보다 내리는 것이 훨씬 더 어렵다. 몸이 선천적으로 타고난 능력에 대항하기 때문이다.

안타깝지만 다이어트에 성공해도 설정값이 반드시 낮아지는 것도 아니다. 연구에 따르면, 7년 동안 꾸준히 살을 빼더라도 뇌는 원래의 체중으로 다시 돌아가려는 시도를 계속한다고 한다. 기아로 굶주려서 바싹 마른 사람이 제대로 먹기 시작하면 단기간에 체중을 회복하는 걸 보면 쉽게 이해된다.

아무튼 살을 빼려고 한다면 이러한 뇌와 육체 사이의 저항 관계를 알고 있어야 한다. 가장 효과적인 해결책은 태도를 변화시키는 것이다. 뇌의 저항과 신체활동이 보조를 맞추려면 식습관 그리고 체중 감량에 대한 사고와 접근법을 바꾸어야 한다.

심리학자는 먹는 것에 따라 사람을 두 부류로 나눈다.

- 직관형: 배가 고플 때 몸이 반응하면 음식을 먹는 사람들.
- 통제형: 다이어트를 하는 대다수 사람들처럼 의지로 식욕을 통제하려고 애쓰는 사람들.

직관형은 실제로 배가 고파야 먹기 때문에 과체중이 될 가능성이 적을 뿐 아니라 음식에 대해 생각하는 시간도 더 적다. 반면 통제형은 체중 감량을 위해 몸이 보내는 배고픔의 신호를 끊임없이 무시하기 때문에 과식에 훨씬 더 취약하다. 통제형은 케이크를 한 조각만 먹으려는 작은 사치가 실제로 폭식으로 이어질 가능성이 큰 부류이다.

그렇다면 통제형에서 직관형으로 바뀌면 간단할 것 아닌가! 몸이 보내는 신호를 알게 되면 배가 불러도 먹는 것을 멈추고 배고플 때만 먹게 된다. 결국 체중이 증가하는 까닭은 대개 배가 고프지 않을 때에도 음식을 먹기 때문이다. 진짜 몸이 보내는 신호를 알아차리고 직관적으로 먹는다면 필요하다고 여겨지는 것보다 훨씬 더 적은 양의 음식을 먹을 수 있다. 또한 몸에서 오는 신호를 예민하게 느끼고, 정말 원해서 먹는다는 생각에 익숙해지면 훨씬 더 편안하게 음식을 대할 수 있다.

비만은 유전자 탓이 아니다

영국은 성인의 62퍼센트가 과체중이거나 비만이고, 미국은 성인의 66퍼센트가 과체중이거나 비만이라고 한다.[5] 정말 충격적이다. 매해 영국과 미국은 '더 적게 먹고 더 많이 움직여라'라는 캠페인에 거액을 투자하고 있는데, 그럼에도 불구하고 사람들은 매년 점점 더 뚱뚱해지고 있다. 많이 먹는 이유 또한 실로 복잡하고 다양하다.

케임브리지대학의 유전학자 자일스 여(Giles Yeo) 박사는 소식(小食)하기가 유독 더 힘들든 사람이 있다는 걸 발견했다.[6] 비만과 관련된 유전자는 100개 이상이다. 그 중에서 가장 영향력이 큰 것이 '지방 질량 및 비만 관련 전사(傳寫)' 또는 FTO로 불리는 유전자이다. 우리는 모두 FTO를 가지고 있지만 일부는 비만의 위험성을 증가시키는 약간 다른 버전의 유전자를 물려받는다.

전 세계 인구의 절반은 한 개의 작은 변이가 포함된 FTO 버전을 가지고 있다. 이들은 평균적으로 체중이 약 1.5킬로그램 더 나가고, 비만이 될 확률도 25퍼센트 더 높다. 또한 약 17퍼센트는 불운하게도 두 개의 작은 변이 또는 FTO의 이중 위험 변종을 가지고 있다.

FTO의 이중 위험 변종을 가진 사람들은 평균적으로 약 3킬로그램의 체중이 더 나가며, 일반적으로 비만이 될 확률이 50퍼센트 더 높아진다.

이러한 유전자 변이는 식욕 호르몬에 뇌가 둔감해지도록 만든다. FTO 위험 변종을 가진 사람들은 생물학적으로 이 변종이 없는 사람들만큼 빨리 포만감을 느끼지 못한다. 과거 먹을거리가 귀하던 시대에는 이것이 생존에 유리한 장점이었으나 음식이 넘쳐나는 현재에는 오히려 단점이 되었다. 더 많이 먹고, 지방과 설탕이 많이 함유된 고칼로리 음식을 선호하는 것도 FTO 변종과 관련이 있다.

원래 비만 유전자를 타고난다는 말에 다소 맥이 빠질 수도 있겠다. 어쩌면 자신의 유전자 때문에 포만감을 잘 못 느낄 수도 있다. 그렇다고 해서 식습관과 자기 몸을 대하는 태도를 바꿀 수 없는 건 아니다. 설령 나쁜 패를 손에 쥐고 있더라도 포커게임에서 이기는 사람이 있듯이 말이다. 단일 FTO 변이와 이중 FTO 변이를 가진 사람들은 평균적으로 1.5~3킬로그램 더 나갈 가능성은 있지만, 대부분은 전혀 과체중이 아니다. 유전자가 곧 우리의 결론인 건 아니다.

전염병처럼 번지는 비만 문제를 해결하기 위해 흥미로운 과학적 해결책이 계속 나오고 있다. 앨퍼트의과대학(Alpert Medical School)의 연구진들은 내장 박테리아 이식이 인간의 몸무게에 미치는 영향을 조사를 했다.[7] 그 연구에는 딸로부터 내장 박테리아를 이식받은 사례가 등장한다. 환자인 엄마는 날씬했고, 딸은 과체중이지만 건강했다. 그런데 시술을 받고 2년이 지나자 항상 날씬했던 환자의 몸무게가 25킬로그램 이상 불어났다. 연구진들은 체중 증가의 원인을 딸에게서 이식된 외부 박테리아에서 찾았다.

비록 이 경우는 위장 장애를 바로잡기 위한 시술의 부작용으로 체중이 증가했지만 동일한 시술로 정반대의 결과를 바라는 의사들에게는 다른 힌트를 제공했다. 그들은 '좋은' 장내 세균이 담긴 건강하고 날씬한 사람들의 대변을 비만 환자들의 소장과 대장에 직장을 통해 주입하는 이식술을 고안했다. 이 시술의 목적은 과체중인 사람들에게 '생물학적으로 건강에 좋은' 미생물을 주입해 식사 후 포만감을 느끼게 하려는 데 있었다.

최근에는 위밴드 수술 대신 또 다른 최소 침습 시술이 권해지고 있다. 바로 마른 사람들에게서 발견되는 호르몬을 복제하여 과체중인 사람들에게 주입하는 시술이다. 이 호르몬은 뇌에 음식 공급을 중단하라는 메시지를 전달하는 효과가 있다. 비용이 많이 들고 사망 위험이 큰 위밴드 수술보다 훨씬 더 바람직한 시술이다. 런던 임페리얼 칼리지의대(Medicine at Imperial College) 교수인 스티브 블룸 경(Sir Steve Bloom)은 10년 후에는 더 이상 비만이 문제가 되지 않을 거라고 주장한다.[8] 식욕을 억제시키는 이 호르몬 주사를 통해 체중을 감량할 거라고 확신하고 있다. 호르몬 주사를 맞은 두 명의 비만 남성이 식사 때 280칼로리를 덜 섭취했기 때문이다. 연구원인 패트리카 탠(Patricia Tan)은 호르몬 주사를 맞은 피실험자들이 음식을 30퍼센트 가량 덜 먹는다는 사실을 발견했다. 각각의 식사 전에 처방된 주사는 OXY, PYY, GLP1로 불리는 세 종류의 호르몬이었다.

이런 시술은 비만 문제와 관련하여 무척 설득력 있는 새로운 '해결책'으로 보일 수도 있다. 하지만 나는 그것이 정신에 미치는 영향을 고려하지 않았기 때문에 목표를 놓치고 있다고 생각한다.

정신과 뇌는 구분해야 한다. 정신은 생물학이 아닌 심리학 영역으로, 생각과 믿음과 감정이 속한 우리의 일부이다. 과학은 뇌와 생물학에 초점을 맞추고 보조하면서 훌륭히 일을 잘해내고 있다. 하지만 심리학 측면으로는 부족해 보인다. 실제로 유전적 또는 신체적 단점을 극복하려면 심리적 도구와 생각과 믿음에 초점을 맞출 필요가 있다. 궁극적으로는 그것이 선택과 행동을 결정하기 때문이다.

생각해 보자. 배고파서 먹는 것으로 인한 체중 문제가 어느 정도일까? 그리고 배고프지 않을 때 먹는 것으로 인한 체중 문제는 또 어느 정도일까? 위의 의료 시술들은 식욕을 억제하는 방법을 쓰는데 이는 사람들이 가진 문제의 일부분일 뿐이다. 체중과 씨름하는 사람들은 슬플 때, 피곤할 때, 지루할 때, 외로울 때, 스트레스를 받을 때, 행복할 때, 불행할 때, 축하할 때, 감정적일 때, 자포자기할 때, 흥청거리며 놀 때, 화가 날 때 음식을 먹는다. 이 목록을 열거하자면 끝이 없다.

내가 주장하는 바는 생물학적으로 비만을 줄이는 것이 아닌 음식과 자기 몸과의 상관관계를 스스로 이해해야 한다는 것이다. 건강에 유익한 습관을 들이고, 올바른 결정을 내리며, 이상적인 몸을 만들어 유지하도록 지속가능한 라이프 스타일을 만들자는 것이다.

이 책에서는 음식과의 관계와 생각을 많이 묻고 있다. 이 질문들은 정말 중요하다. 답하면서 자기 몸이 불만족스러운 근본적인 원인을 찾아낼 수 있고, 지속적인 변화를 위한 동기 부여와 확신을 가질 수 있기 때문이다. 이로써 사고방식에 큰 변화가 생길 수 있으며, 아트풀 이팅으로 자신이 원하는 변화를 이뤄낼 수 있다. 그렇게 되려면 이 책에 나오는 여러 가지 제안들을 실행해 봐야 한다.

잘못된 식습관을 고치려면
체중을 줄이고 싶은 갖가지 이유를 먼저 지우고
내 몸을 알고 나 자신에게 솔직해야 해.
마음을 먹지 않아서 그렇지
마음만 먹으면 할 수 있어.

2장

체중 감량을 좌우하는 뇌

왜 체중을 줄이고 싶은가

체중 감량에 성공하여 살을 빼려면 무엇을 먹느냐보다 왜 먹느냐를 이해하는 것이 더 중요하다. 무엇이 과식을 유발하는지 최대한 신중하게 생각하고 다음의 질문에 자세하게 답해 보자. 왜 먹는지, 또 어떻게 먹는지를 이해해야 자신의 식습관과 음식과의 관계를 원하는 방향으로 변화시킬 수 있다.

일반적으로 사람들은 다음과 같은 이유로 체중 감량을 원한다. 해당 사항이 있는지 하나하나 체크해 보자.

- 더 예뻐 보이니까.
- 더 건강해진 느낌이 들어서.
- 다른 사람들에게 더 매력적으로 보이려고.
- 내 마음에 드는 옷을 입을 수 있어서.
- 거울을 볼 때 기분이 좋으니까.
- 남의 시선을 의식하지 않아도 돼서.
- 창피해 하지 않고 당당하게 운동할 수 있어서.

- 더 오래 살 수 있을 것 같아서.
- 육체적 균형이 중요하니까.
- 성생활을 더 즐길 수 있어서.
- 나 자신을 더 좋아하게 될 것 같아서.
- 자기 관리에 철저한 사람으로 보여서.
- 자신감과 활력이 더 커지니까.
- 스스로를 냉대하거나 비관하지 않아도 되니까.
- 성격이 더욱 활달해질 것 같아서.
- 몸무게를 이유로 더 이상 나를 괴롭히지 않기 위해서.
- 남들이 내가 먹는 걸 쳐다보는 것 같아서.
- 내내 음식만 생각하지 않을 것 같아서.
- '나쁜' 음식을 탐내지 않을 것 같아서.
- 무엇을 먹어야 할지 고민하지 않을 것 같아서.
- 먹었다고 죄책감을 느끼지 않아도 되니까.

이 밖에도 다른 이유들이 수도 없이 떠오를 것이다. 아무리 사소해 보이고 유치해 보일지라도 머릿속에 떠오르는 이유들을 하나도 빠짐없이 적어 보자.

자기 자신을 얼마나 알고 있는가

시간이 들더라도 신중히 생각하면서 가급적 상세하게 아래의 질문에 답해 보자. 실제로 답을 적어 두면 나중에 이 답변을 보고 사고방식이 얼마나 변했는지 알 수 있다. 또한 이런 글쓰기는 막힌 생각을 풀어주고, 문제 해결을 위한 시각을 넓혀 준다.

무엇이 나를 계속 살찌게 만드는가?

나는 주로 언제 과식하게 되는가?

어떤 이유로 음식을 먹고 있는가?

(자기 보상 스트레스 분노 따분함 우울 불안 걱정 외로움 위안 자책 등등 아무거나 다 쓴다.)

이밖에 음식을 먹는 어떤 다른 감정적 이유들이 있다면?

발견의 한 주

체중에 관한 한 자기 부정은 심각한 문제이다. 일주일 동안 먹고 마신 모든 것, 그리고 언제 얼마나 많은 음식을 먹었는지 기록하라. 이렇게 수집한 자신의 정보는 목표 몸무게나 사이즈를 달성하기 위한 과정에서 매우 중요한 역할을 한다. 실제로 어떤 음식을 먹었고, 먹는 데 얼마나 돈을 많이 썼는지 파악하는 데도 요긴하다. 한 주를 마칠 즈음 자신의 기록을 다시 살펴보자.

일단 한 주가 끝나면 다음의 질문들로 다시 분석해 본다.

1. 위험에 빠지기 쉬운 음식은 무엇인가? 빨간색으로 표시

- 흰 빵이나 흰 밥 (　　　)
- 초콜릿 (　　　)
- 사탕 혹은 설탕이 든 간식, 감자칩 같은 군것질류 (　　　)
- 술 (　　　)
- 외식 (　　　)
- 다이어트 음료 또는 설탕이 든 음료 (　　　)

2. 위험에 빠지기 쉬운 시간은 언제인가? 빨간색으로 표시

- 늦은 밤에 찾는 간식 (　　　)
- 하루 종일 조금씩 자주 먹기 (　　　)
- 주중에는 비교적 잘 조절하지만 주말에 폭식 (　　　)

3. 가공식품과 포장식품에 얼마나 의존하고 있는가? 빨간색으로 표시

평소 가공식품이나 포장식품에 얼마나 의존하고 있는지 적어보자.

- 소스 (　　　)
- 빵 (　　　)
- 즉석 요리 (　　　)
- 달콤한 과자 (　　　)
- 요구르트나 치즈 같은 가공 유제품 (　　　)
- 햄, 소시지 등의 가공육 (　　　)

4. 아무 생각 없이 먹은 음식은 얼마나 되는가? 빨간색으로 표시

- 배고프지 않을 때 먹었던 음식 (　　　)
- 영양가 없는 음식 (　　　)
- 평소에 즐기지 않던 음식 (　　　)
- 심심해서 먹었던 음식 (　　　)
- 감정적으로 먹었던 음식 (　　　)

• 누가 줘서 먹었던 음식 (　　　)

• 영양 섭취가 아니라 자신에게 대접하려고 먹었던 음식 (　　　)

지금까지의 질문은 자신을 탐색하는 첫 번째 활동이므로 최대한 솔직하게 적어야 도움이 된다.

이번에는 긍정적인 경우를 체크해 보자.

5. 섭취하는 음식 일지에서 자연식품이 차지하는 비중은 어느 정도인가?

자연식품(whole food)은 가공식품과 반대되는 개념이다. 자연식품은 가급적 가공과 정제를 적게 해서 첨가제나 다른 인공적인 성분으로부터 자유로운 음식이다.

6. 영양가 있는 음식이 차지하는 비중은 어느 정도인가? 녹색으로 표시

• 나를 배부르게 해주었던 영양가 있는 음식 (　　　)

• 진정 즐겼던 만족스러운 음식 (　　　)

• 정말 배고팠을 때 먹었던 음식과 시간대 (　　　)

7. 돈

먹는 데 얼마나 많은 돈을 썼는지도 살펴본다. 외식이나 테이크아웃 음식에 얼마나 자주 많은 비용을 쓰고 있는지 기록하는 것이다. 음식이 포함된 항목 중에서 가장 비중이 큰 것은 무엇인가. 술? 외식? 충동구매? 편의점? 일주일동안 얼마나 많은 돈을 썼는지 계산해 보면 깜짝 놀랄 것이다. 잘 먹는다는 것은 돈을 많이 쓴다는 의미가 아니다. 식비를 어디에 쓸지 의식적으로 선택한다는 뜻이다.

커피 한 잔 가격은 약 4,800원이다. 반면 유기농 로컬 푸드 매장에서 파는 중간 사이즈 채소 한 박스 가격은 약 24,000원이다. 이는 한 가족이 일주일 동안 소비할 수 있는 채소의 양이다. 조사에 따르면, 평균적으로 영국인들은 매달 테이크아웃에 약 166,000원을 지출하고 있다고 한다.[1] 다시 생각해 보면 이 돈은 건강에 더 좋고, 더 맛있는 재료와 식사를 위해 쓰고도 남을 돈이다. 같은 돈을 어떻게 쓰고 있는지 생각해 볼 필요가 있다.

8. 반성

일주일 동안의 기록에서 빨간색과 초록색 가운데 어떤 색으로 주로 표시했는가. 빨간색으로 표시되어 있다면 뭔가 단단히 잘못 진행되고 있다는 뜻이다. 또한 주로 건강식을 뜻하는 초록색으로 표시되어 있다면 자기가 먹는 양을 유심히 봐야 한다. 기록을 보면서 든 생각을 적어 보자. 잠시 시간을 내어 몇 분 동안 그냥 머릿속에 떠오르는 대로 적으면 된다.

일주일 동안 음식 목록을 작성하면서 체중 문제가 단순히 '칼로리 증가, 칼로리 감소'에 국한되지 않는다는 사실을 눈치챘을 것이다. 음식의 종류, 먹는 시간, 먹는 이유가 체중 증가의 결정적 요인임을 깨달았을 것이다. 우리는 체중을 감량할 때는 생물학적 측면뿐만 아니라 심리학적 측면도 고려해야 한다. 체크했다시피 다이어트의 실패 원인은 심리학적 요인이 크기 때문이다.

식욕에 지고 마는 심리적 이유

현재 당뇨병의 44퍼센트, 심장 질환의 23퍼센트, 암 질환의 41퍼센트가 비만과 관련 있는 것으로 보고되고 있다.[2] 그야말로 충격적이다. 체중 증가는 건강에 심각한 문제를 일으키고, 의료 서비스에 가해지는 압력도 엄청나기 때문에 전 사회적으로도 당황스러운 일이다. 그렇다면 개인의 심리적 문제에는 어떤 영향을 미치고 있을까?

나와 상담했던 사람들은 대부분 자기 몸에 만족을 느끼지 못할 때 자신감이 떨어진다고 했다. 캐서린은 약 25킬로그램 정도의 잉여 체중이 있었다. 10대 초반부터 과체중이었고, 해마다 조금씩 더 살이 쪘다. 캐서린은 온갖 다이어트를 다 시도하다가 최후의 해결책을 기대하며 나를 찾아왔다. 그녀는 한눈에 보기에도 우울증이 있어 보이는, 정서상으로 매우 좋지 않은 상태였다. 무작정 살을 빼야 한다는 강박관념에 사로잡혀 있었고, 어떻게든 자신이 원하는 신체 사이즈를 달성할 수 있다고 믿고 싶어 했다.

자신의 몸을 몹시 불만족스러워 하면서도 살을 빼지 못하는 캐서린 같은 사람들이 정말 많다. 이들은 온갖 종류의 다이어트와 '속성'

체중 감량을 시도한다. 하지만 칼로리 계산이나 식욕 억제제에 초점을 맞출 뿐 문제의 심리적 측면은 전혀 고려하지 않는다. 실제 캐서린이 시도했던 모든 다이어트는 음식 섭취와 운동만 강조하는 것이었다.

최근에 다이어트를 하는 사람들에게 체중 감량의 목표를 묻는 조사가 있었다. 평균적으로 사람들은 약 25킬로그램을 감량하고 싶어 했다. 하지만 12개월 동안 식사량을 줄여서 그들이 감량한 것은 평균 약 5.5킬로그램 정도였다. 목표에 훨씬 못 미치는 감량이다. 더욱이 다이어트를 시작한 사람들 중에서 절반은 1년 내에 다이어트를 포기했다. 이 조사는 우리의 기대가 현실과 부합하지 않는다는 걸 보여준다. 그것은 순전히 의지력만으로 살을 빼려고 애쓰기 때문이다.

이유는 이렇다. 다이어트를 하는 사람들은 대부분 캐서린처럼 제한된 식사로 '결핍' 위주의 다이어트를 한다. 걸핏하면 이렇게 말한다.

"다이어트 중이니까 안 먹고 참아야지."

미안하지만 이는 실패를 자처하는 다짐이다. 꽤 오래 이 태도를 유지하는 사람도 있지만 궁극적으로 실패할 수밖에 없다. 즐거움을 찾고 고통을 피하려는 뇌의 자연스러운 성향에 반대되기 때문이다. 정말 먹고 싶은 음식을 금하면 결코 효과를 보지 못한다. 캐서린이 반복적으로 다이어트에 실패한 까닭도 여기에 있다. 특정한 음식을 피하고 절제된 식단을 고수하려고 애쓰면서 인내심에만 의존한 것이다.

이 접근법은 쉽게 살을 뺄 수 있는 충분한 의지력이 있다는 전제하에서만 효과가 있다. 하지만 우리는 자제력도 한정된 양을 갖고 있다.[3] 의지도 근육처럼 사용할수록 피로도가 쌓여 간다. 자제력을 사용하면 피곤해지는데, 이를 심리학에서는 '자아고갈(ego depletion)'이라고 한다.

자아고갈을 경험하면 자제력을 다시 사용하기가 더 힘들어진다. 캐서린은 15년 동안 매년 여름에는 군살을 빼는 식이요법을 시작하고 가을만 되면 결국 다이어트를 포기하는 일을 반복했다. 자신이 좋아하는 음식을 먹지 못하고 굶는 것에 진절머리가 나 있었다.

캐서린의 다이어트는 사고 억제(thought suppression) 심리, 혹은 '백곰효과(white bear effect)'에 물들어 있었다. 백곰효과란 백곰에 대해 생각하지 말라는 말을 들으면 오히려 백곰을 더더욱 생각하게 되는 심리를 일컫는 말이다. 캐서린은 여름에 살을 빼기로 결심할 때마다 머릿속에 당연히 먹지 말아야 할 음식들을 떠올렸을 거다.

이 심리는 욕구에 맞닥뜨리면 아주 극명하게 드러난다. 만약 '내 다이어트 식단에는 카레가 허용되지 않기 때문에 카레를 먹을 수 없어.'라고 스스로에게 말하면 그때부터 머릿속은 온통 카레 생각으로 가득해진다. 이는 전의식 때문에 발동한다. 평소에는 의식하지 못하지만 노력하면 의식화할 수 있는 마음 상태를 전의식이라고 하는데 전의식 상태에서는 사고를 억제하면 할수록 그 생각을 더 많이 하게 된다. 의식하지 않으려고 하면 할수록 실제로는 의식할 수밖에 없는 상태이다. 그 결과 카레를 안 먹어야지 하면 카레는 계속 생각나고, 그때마다 우리는 그것을 억누르기 위해 최선을 다한다. 이게 우리를 매우 피곤하게 만드는 과정이다.

그래서 살을 빼려고 애쓰는 동안 카레 생각이 자꾸 떠오른다면 그 생각을 차라리 그냥 받아들이는 게 낫다. 긍정적인 방식으로 자신의 생각과 욕구를 만족시키는 거다. 카레는 물론 원하는 음식은 무엇이든 먹을 수 있다. 스스로에게 이렇게 말해 보자.

"내가 직접 만들어 먹겠어. 가공하지 않은 질 좋은 재료로 만드니까 괜찮을 거야."

이것이 훨씬 더 건강한 접근법이다.

그럼 체중 감량을 성공으로 이끄는 심리적 요인은 무엇일까?

첫째, 꾸준히 체중 감량에 성공한 사람들은 다이어트한다는 생각을 안 한다. 좋아하는 음식을 피하려고 매일 자신과 싸우지 않는다. 대신 좋아하는 음식을 피하는 것을 피한다고 생각하지 않고 생활방식의 긍정적인 변화라고 생각한다.

캐서린도 결핍과 통제에 초점을 맞춘 체중 감량 접근법을 멀리하자 요요의 악순환에서 벗어나 점점 살이 빠지기 시작했다. 그녀는 언제 무엇을 먹을지 꼼꼼히 따지는 대신 실제로 배가 고플 때 먹고, 자신이 먹는 음식을 즐기며, 충분하다 싶을 때 그만 먹었다. 그러면서 자기 몸을 존중하고 목표에 맞춰 행동하기 시작했다. 캐서린의 바람보다 조금 더 오래 걸리긴 했지만 그녀의 몸무게는 서서히 그리고 꾸준히 빠지기 시작했다. 몸무게가 서서히 줄어들자 캐서린의 사고방식과 생활방식도 점점 변화하기 시작했다.

나는 항상 캐서린 같은 고객들에게 토끼가 아닌 거북이가 되라고 권한다.

두 번째는 사고와 행동의 변화이다. 체중 감량에 성공하려면 긍정적이고 사려 깊게 자신의 몸을 잘 대우해야 한다. 단순히 살을 빼는 것이 아니라 자신의 삶을 개선하는 행위이기 때문이다. 심리학 연구에 따르면, 체중 감량에 성공하려면 개인의 기호에 맞추는 것이 가장 효과적이라고 한다. 자기가 좋아하는 음식을 먹고, 자기가 즐기는 운동에 초점을 맞춰라. 그것이 자신의 스케줄이나 약속, 선호도와 잘 맞는지도 확인해야 한다. 이 책에서 어떤 특정한 식사 방법을 규정하거나 권하지 않는 것도 이 때문이다. 가능한 최고 품질의 음식을 찾아내고, 과도하게 가공된 음식을 피할 수만 있다면 무엇을 먹어도 상관없다.

마지막으로 체중 감량에 성공하려면 문제 해결에 도움이 되는 올바른 지원과 올바른 조언, 또 올바른 전략이 필요하다. 이 책에서 전반적으로 다루는 내용이 바로 이 마지막 솔루션이다.

즉 체중 감량에 성공하려면, 첫째 다이어트를 한다는 생각을 하지 말고, 둘째 좋아하는 음식이나 운동에 초점을 맞추고, 셋째 올바른 조언으로 전략을 짜야 한다.

목표를 정하고

달성할 수 있다는 믿음을 가지고

조절을 배우고

배운 것을 실천하고

마지막으로 모든 낡은 정보와 습관에서 벗어나기.

3장

체중은 라이프 스타일도 바꾼다

내 몸의 이미지 만들기

스포츠계에서 오랫동안 활용한 방법 중에 '시각화'라는 게 있다. 눈앞에 레몬이 있다고 가정해 보자. 밝은 노란색의 레몬인데 이걸 반으로 자른다. 누군가 레몬을 입술에 올려놓고 그 맛을 보고 있다. 마치 내가 먹는 듯 상큼한 신 맛이 입안을 강타하는가? 그게 바로 시각화이다.

우리가 어떤 행동을 시각화하고 실제로 그것을 상상하면 뇌는 동일한 자극을 받는다. 레몬을 자르고 맛보는 것을 상상하는 것만으로도 뇌의 특정 부위가 자극되는 것이다. 뇌의 이런 활동은 과학 논문을 통해 광범위하게 입증된 바 있다. 뉴로비지니스그룹 소속의 필레이 박사(Dr Pillay of the NeuroBusiness Group)는 팔다리에 힘을 잃어 혈액 공급이 감소한 뇌졸중 환자의 사례로 이를 설명하고 있다. 필레이 박사의 연구에 따르면, 이런 뇌졸중 환자들이 마비된 팔다리를 사용하고 있다고 단순히 상상하는 것만으로도 손상된 조직을 둘러싼 뇌 조직이 다시 살아난 경우가 있었다고 한다.[1]

시각화 연습은 몇 분 걸리지 않기 때문에 매우 간단하면서도 효과적이다. 조용한 장소를 찾아 심호흡을 하고 편안히 마음을 가라앉히고 잠시 생각해 본다. 만약 같은 전철을 계속 밟으면서 자신이 원하는 몸을 위해 필요한 변화를 만들지 못한다면 어떻게 될 것인지. 음식과 자신의 몸에 대한 접근법을 바꾸지 못할 때 그것이 초래하는 피해와 상처를 제대로 인지하는 것이 이 시각화의 목표이다. 곰곰이 생각해 보자. 지난 1년 동안 아무런 변화 없이 똑같은 길을 걷고 있는 자기 자신을.

전신 거울 앞에 서서 자기 모습을 보자.

어떤 느낌인가?

몸집이 더 커졌나?

건강은 괜찮은가?

몸이 불편하고 힘든가?

자신감과 행복감이 느껴지나?

자신을 바라보는 이미지가 긍정적이고 만족감을 주나?

아니면 자기 모습이 싫고 짜증나는가?

마음속으로 최대한 선명하게 이미지를 만든다. 눈앞에 보이는 것을 보고, 어떤 느낌인지 느껴야 한다. 천천히 이 장면을 시각화하면서 그 상태에 머물러 있을 때 어떤 감정인지 느껴야 한다.

이제 1년 동안 변화를 실천하고 그 목표를 달성한 자신의 모습을 시각화해 보자. 지금 행동하면 가까운 미래에 나는 어떻게 변해 있을지 생각해 보는 것이다. 쇼윈도 앞을 지날 때 눈길이 가는 옷 앞에 서서 그 옷을 입은 자기 모습을 상상하듯이 1년 뒤 변한 모습을 상상하는 것이다. 다시 한 번 전신 거울을 바라본다.

어떤 모습이 보이나?
무엇을 입고 있나?
어떤 느낌인가?
건강하고 자신감 있어 보이나?
웃고 있는가?
자기 모습이 마음에 드는가?

거울 속 이미지로 들어가 날씬하고 멋진 몸매를 가진 자신의 새로운 모습을 상상해 보자. 더 가볍고 편안하게 느껴지고 에너지와 자신감이 넘치는 모습을 이미지화하는 것이다.

이번에는 목표를 위한 실행과 지속적인 변화가 주는 좋은 점을 떠올려 보자.

나와 가족의 건강하고 균형 잡힌 미래를 위해 지금 당장 변화를 꿈꾸고, 행복하고 건강하고 아름다운 몸을 소망하는 이 꿈을 현실로 만들 수 있다고 여긴다. 이것은 과장된 주장이 아니라 진정 성취 가능한 목표이다. 여기서는 무엇을 하려고 하는지 명확히 파악해야 한다. 일단 자신이 무엇을 성취하고 싶어 하는지 정확히 알고 있으면 그 목표에 맞춰 행동하는 것이 훨씬 더 쉬워진다.

우리는 무언가 할 일에 대해 생각하면서 많은 시간을 흘려보내기도 한다. 1장에서 체중 감량을 생각하는 데에 너무도 많은 시간을 소비하고 있다는 사실을 알고 깜짝 놀라지 않았나. 실제로 행동에 나서 목표를 달성하는 데 그 많은 시간과 에너지를 사용할 수 있었다면 더 좋지 않았을까?

상담 예약 전화를 받아 보면 지나치게 긴장하는 사람들이 있다. 이런 사람은 전화기를 들고 통화하기까지 오랜 시간이 걸릴 수 있다. 목표를 위해 행동하고 변화가 시작되기까지 몇 달이 걸리기도 하고, 심지어 몇 년이 걸리기도 한다. 그 변화가 자신이 원하는 것이고, 자신의 삶에 긍정적인 영향을 미칠지라도 그렇게 시간이 오래 걸린다.

아이러니한 것은 이런 사람들이 다른 사람들에게 변화를 권유하는 데는 정말 능숙하며, 가족과 아이, 애완동물을 위해서는 힘든 일도 마다하지 않는다는 것이다. 자신의 변화에 대해 생각하며 행동에 옮길 때에는 몹시 주저하면서 말이다. 하지만 그럴 필요가 없다.

남편 리암과 내가 여동생 엘레나와 함께 살려고 처음으로 집을 구했을 때가 생각난다. 우리 할아버지가 살던 곳이었는데 30년 전 할아버지가 돌아가신 이후로 아무도 손을 댄 적이 없는 집이었다. 남향으로 길게 뻗은 정원이 있는 아름답고 큰 주택이었다. 우리는 주택의 규모에 압도당했지만 아주 적은 예산을 가지고 벽지와 카펫부터 벗겨내기 시작했다.

지금은 행복한 기분이 들지만, 돌이켜 생각해 보면 방이 6개인 큰 주택은 위압감을 줄 만했고, 또 정말 위압감을 느끼기도 했다. 하지만 나는 집 전체를 한꺼번에 정리하려 하지 않았다. 우리는 방 하나에서 시작해서 천천히 집안을 구석구석 정리하며 작업 목록을 차례로 지워나갔다. 그리고 아직 해내지 못한 일에 스트레스를 받는 대신 우리가 이뤄낸 성과를 보면서 희열을 만끽했다. 1980년대 꽃무늬 벽지를 싹 다 벗겨내고 화사한 밝은색 페인트로 새롭게 칠했을 때 그 기쁨과 자부심은 말로 설명이 안 된다. 나는 집 전체를 바꾸는 큰 프로젝트를 생각하지 않았다. 만약 그랬다면 십중팔구 포기했을 것이다. 그 대신 한 번에 방 하나씩 작업하는 것에 집중했다. 모든 작업을 우리가 선호하는 기준에 전부 다 맞추기에는 우리는 돈도 턱없이 부족했다. 당시에도 그랬고 지금도 그렇지만 내 태도는 어떻게든 완성하는 것이 중요하지 굳이 완벽할 필요는 없다는 것이다.

변화는 놀랍고 흥미진진한 것이다. 두려워할 필요가 없다. 목표를 달성하려면 올바른 태도가 정말 중요하다. 때로는 힘에 부치기도 하지만 목표로 가는 과정은 즐겁고 긍정적이어야 한다. 나는 장차 변할 그 집의 모습에 대해 명확한 비전을 가지고 있었다. 낡은 마룻바닥을 사포로 닦는 동안에도 방이 완성되었을 때 얼마나 아름답게 보일지 상상했다. 집 전체가 완성되었을 때 얼마나 좋을지에 집중했다. 이런 태도가 목표 달성에는 반드시 필요하다.

집에 얽힌 내 경험처럼 자기 몸을 돌이켜 보면 쉬울 것 같다. 성인이 될 때까지 혹은 태어나서 지금까지 한 번도 자기 몸을 바꾸지 않았다면 이런 기분으로 접근해 보면 어떨까. 한꺼번에 싹 바뀌는 기적을 바라지 않고 하나하나 조금씩 바꾸는 인테리어처럼 접근해 보는 것도 하나의 방법이다.

내 몸의 목표를 정하라

우선 자기 목표를 정해야 한다. 자신감과 편안함을 느꼈던 몸무게나 사이즈, 입고 싶은 옷을 명확히 아는 것이 중요하다. 어쩌면 완벽한 치수가 뭔지도 모르고, 자기 몸이 멋지다고 느꼈던 시절을 기억하지 못할 수도 있다. 그렇다고 해도 상관없다. 롤 모델을 골라 목표로 삼으면 된다.

한 가지 명심할 점은 목표는 명확해야 한다는 것이다. 또 무엇보다 이 목표가 실현 가능성이 있는 것이라야 한다. 자, 목표를 정해 보자. 그 다음 눈을 감고 시각화에 들어가 보자. 목표에 맞춘 모습을 그려보는 것이다.

자신감 있고 활력적인, 자기 마음속에 있는 이미지에 다가가 새로운 자기 자신을 구체적으로 형상화해야 한다. 더 가볍고, 더 행복하고, 더 자신감 있는 느낌을 놓치지 마라. 목표 설정은 원하는 사이즈를 달성하기 위한 첫 번째 단계이다.

목표 달성을 도와주는 컨디션 조절

여기서 말하는 것은 몸을 위한 컨디션 조절이 아니다. 성공을 위해 진정 필요한 마음을 위한 컨디션 조절이다. 먼저 이런 사실을 계속 일깨워 주는 환경을 조성해서 목표를 한층 더 명확히 해야 한다. 암시를 주는 도구를 눈에 보이는 곳에 전략적으로 배치하여 늘 접하게 한다. 목표와 일치하는 행동에 도움이 되는 강력한 메시지를 전달받도록 하는 것이다. 물론 암시 도구는 용기를 북돋아주는 긍정적인 것이어야 한다.

목표로 하는 몸무게와 사이즈의 리즈 시절의 본인 사진을 한 장 고른다. 만약 없다면 내가 되고 싶은 몸을 가진 사람의 사진을 하나 구한다. 이 사진을 여러 장 인쇄하여 집안 구석구석에 전략적으로 배치한다.

- 거울 또는 침대 옆 테이블에 액자로 비치.
- 옷장 문 안쪽이나 옷장 앞에 넣어두기. 이런 옷을 입은 내 멋진 모습을 상상하면서.

- 핸드폰과 컴퓨터의 스크린 세이버로 걸어두기.
- TV 옆에 액자로 놓아두기. 언제나 그 사진과 눈 맞춤할 수 있게.
- 일하는 공간에서 눈에 띄는 곳에 놓아두기(동료들에게 사진을 보이고 싶지 않다면 서랍 안에 넣어두기. 서랍을 열 때마다 사진을 볼 수 있을 것임).
- 지갑이나 차 안에 넣어두기(이미지 또는 몸무게/치수/드레스 사이즈).
- 모든 패스워드를 자신이 목표로 하는 몸무게나 치수로 바꾸기. 그러면 패스워드를 칠 때마다 자신이 목표로 하는 메시지를 전달받을 수 있다. 이건 정말 유용하다!

이렇게 암시를 주는 것들로 둘러싸여 있으면 끊임없이 자극을 받는다. 뇌에 강력한 메시지를 전달하여 목표에 따라 행동하고 있는지 끊임없이 자신에게 확인하는 방법이다.

체중 감량에 대한 정보를 점검하기

내가 열세 살쯤 되었을 때 우연히 소크라테스의 인용문을 발견한 적이 있다. 〈소피의 세계〉에 나온 '가장 지혜로운 자는 자신의 무지를 아는 자이다.'라는 문구였다. 세월이 흘러 정신분석학자로 훈련받던 시절에 다시 한 번 '무지의 중요성'을 이해하게 되었다. 무지에 대한 깨달음이야말로 배움을 멈추지 않게 하는 원동력이고, 자신의 무지를 깨닫는 것으로부터 성장하고 배울 공간이 생긴다. 이를 염두에 두면서 내가 항상 강조하는 게 있다.

제발 체중 감량에 대해 자신이 모든 것을 다 알고 있다고 생각하지 말라는 것이다. 처음 나에게 상담하러 오는 이들은 항상 같은 말을 한다.

"나는 다 알아요. 별의 별 시도를 다 해봤기 때문에 내가 뭘 해야 하는지 정확히 알고 있죠. 그냥 동기부여를 위해 약간의 도움만 주시면 됩니다."

하지만 확실히 안다고 해서 무조건 꾸준한 변화가 가능한 것은 아니다. 이런 말을 들어본 적이 있을 것이다. '같은 행동을 반복하면서 다른 결과를 기대하는 것은 미친 짓이다.' 이 말이야말로 다이어트에 꼭 들어맞는 말이 아닐까 싶다. 체중 감량의 모든 정보를 다 알고 있다는 믿음을 바꿔야 한다. 다이어트에 관한 책이란 책은 다 읽고 각종 다이어트를 다 시도해 봤기 때문에 모든 것을 다 알고 있다고 생각하는 사람들을 많이 만났다.

그 중에서도 데어드레이는 체중 감량에 심한 선입견을 갖고 있었다. 예전에 그녀는 조각상처럼 균형 잡힌 몸매를 가졌기 때문에 약간의 과체중은 별 문제가 되지 않았다. 하지만 아이를 낳을 때마다 몇 킬로그램씩 체중이 불어나기 시작했다. 무려 20년 동안 온갖 다이어트를 다 시도했지만 어느 하나도 오래 가지 못했다. 마흔다섯 살인 그녀는 20대 중반에 엄마가 된 이후로 불어난 몸집과 계속 싸워 왔다.

첫 면담에서 그녀는 네 살짜리 아이를 둔 이혼녀이며, '언젠가'는 늘 꿈꾸던 사람으로 돌아가고 싶다고 했다. 당시 그녀는 14~18킬로그램 정도 과체중에 어린 아이를 키우고 있어서 식습관을 고치기 어렵다고 생각하고 있었다. 게다가 과체중이 가족력이어서 체중 감량을 위한 온갖 노력이 결국 실패로 끝날 거라고 예상하고 있었다.

나는 그녀의 이야기를 계속 들어주면서 체중 감량과 관련된 근거 없는 확신을 떨쳐 버릴 수 있도록 도왔다. 그러자 그녀는 자신의 그릇된 믿음에서 벗어나, 자신이 원하는 건강한 몸과 사이즈로 돌아갈 수 있다는 것을 받아들이기 시작했다.

"내가 아트풀 이팅으로부터 가장 많이 배운 것은 오랫동안 내가 해온 다이어트가 정신적 육체적으로 나를 망가뜨리고 있다는 사실이었습니다. 먼저 나는 다이어트가 필요한 이유를 말하면서 과식의 원인을 깨달았고, 비로소 꾸준한 체중 감량에 성공할 수 있었습니다. 동시에 유전자 때문에 뚱뚱하다는 생각도 지웠습니다. 그동안 나는 유전자가 내 몸의 사이즈를 결정했다고 믿었습니다. 하지만 이젠 그것이 체중 감량을 방해하는 그릇된 믿음이란 걸 알게 되었습니다."

단 6개월 만에 데어드레이는 13킬로그램이나 감량했고, 식습관도 완전히 바뀌었다. 그녀의 경우, 정신적 블록*을 극복한 것이 성공의 결정적 요소였다. 어떻게 하면 그럴 수 있을까.

체중 감량 방법에 관한 모든 선입견을 없애야 한다. 이것은 필수 관문이다. '믿음의 도약'으로 불러도 좋다! 오랫동안 굳어진 낡은 믿음과 습관을 버리지 못한다면 체중과의 힘겨운 싸움을 이어가는 잘못된 행동을 계속할 수밖에 없다. 장기적으로 보면 유행 다이어트법도, 칼로리 계산도, 체육관 운동도 효과가 없다. 최신 제품을 팔아먹으려고 대기업에서 광고하는 거짓 정보들이 넘쳐나고, 그 결과 진실은 갈 길을 잃는다.

---

* 감정적 요인에 의한 생각이나 기억의 차단

전염병처럼 퍼지는 비만은 비교적 최근에 등장한 현상이다. 과거에 우리는 몸이 보내는 신호를 경청하면서 잘 먹는 법을 알고 있었다. 그런데 오늘날에는 인공적인 '저지방' 음식을 억지로 입안에 밀어 넣고 있으니, 뭔가 엄청 잘못 돌아가고 있는 것이다. 이제 그것을 바로잡을 때이다.

체중 감량에 관한 그릇된 믿음 1.
과체중인 사람들은 신진대사가 떨어진다.

진실: 과체중인 사람들과 날씬한 사람들의 휴식에너지 소비를 비교한 연구에 따르면, 두 집단 간의 기초 신진대사율은 큰 차이를 보이지 않는다. 오히려 과체중인 사람들의 신진대사율이 더 높은 것으로 나타난다. 그러므로 과체중의 원인이 신진대사율 때문이라는 생각은 지워 버려야 한다.[2]

체중 감량에 관한 그릇된 믿음 2.
나의 비만은 유전자 때문이다.

진실: 유전자가 체중을 결정하지 않는다. 1장에서 살펴보았듯이 세계 인구의 두 명 중에 한 명은 변이가 포함된 FTO를 지니고 있다. 이런 사람들은 평균적으로 1.5킬로그램 체중이 더 나가며, 비만이 될 확률은 25퍼센트쯤 더 높다. 또한 6명 중 1명꼴로 이중 위험 FTO 변

이를 지니고 있다. 그들은 평균적으로 3킬로그램 체중이 더 나가며, 비만이 될 확률은 50퍼센트쯤 더 높다. 대체로 이런 비만 유전자를 가진 사람들은 그렇지 않은 사람들처럼 포만감을 빨리 느끼지 못한다. 그렇다고 해서 그들이 운명적으로 비만이 될 수밖에 없다는 의미는 아니다. 비만 유전자를 갖고 있음에도 불구하고 자신이 원하는 체중을 유지하면서 건강한 방식으로 배고픔에 잘 대처하는 사람들은 주위에서 얼마든지 발견할 수 있다. 이 또한 체중 감량을 가로막는 잘못된 믿음 중의 하나이다.

체중 감량에 관한 그릇된 믿음 3.
탄수화물, 설탕, 지방을 제외한 다이어트식만 먹어야 한다.

진실: 우리 몸은 이른바 다이어트 식품에 함유된 인공적인 향신료와 감미료를 분해하도록 설계되어 있지 않다. 차라리 가공되지 않은 진짜 버터, 우유와 치즈 같은 완전지방 음식을 먹고 마시는 편이 훨씬 좋다. 우리는 건강에 좋은 식품으로 믿게 만드는 식품회사와 라벨 표시에 완전히 현혹당하고 있다. 라벨에 '건강을 위한 선택', '저지방', '무설탕'이라고 적혀 있으면 당연히 몸에 좋을 거라고 생각하기 마련이다. 지방이나 설탕을 무엇으로 대체해서 맛을 낼까? 그건 바로 우리 몸이 제대로 신진대사를 해내지 못해서, 결국에는 우리를 병들게 하고 과체중으로 만드는 인공적인 화학제품과 향신료이다.

체중 감량에 관한 그릇된 믿음 4.

심혈관 운동이나 격렬한 운동으로 지방을 없애야 한다.

진실: 이것 역시 전혀 근거 없는 믿음이다. 운동은 육체 및 정신 건강을 위해 아주 중요하다. 하지만 연구 결과에 따르면, 이런 운동방식은 체중 감량을 위한 효과적인 방법이 아니다.[3]

체중 감량에 관한 그릇된 믿음 5.

칼로리 제한이 체중을 감량할 수 있는 유일한 방법이다.

진실: 맞다. 칼로리를 계산하고 하루 칼로리 섭취를 제한하면 체중을 감량할 수 있다. 하지만 끊임없이 칼로리를 계산하면서 자신이 먹는 것을 조절할 수 있을까? 솔직히 얼마나 오랫동안 음식을 계속 저울질하면서 이토록 엄격한 식이요법을 고수할 수 있을까? 또 이 엄격한 식이요법을 유지한다는 명분으로 얼마나 오랫동안 외식이나 모임을 피할 수 있을까? 여기서 칼로리 계산을 중단하면 곧바로 체중은 원래의 상태로 돌아갈 것이다. 게다가 모든 칼로리가 동일한 것도 아니다. 다이어트 탄산음료는 칼로리가 거의 없기 때문에 온종일 마실 수 있지만 이것은 몸의 신진대사와 내장 미생물에 많은 악영향을 미친다. 실제로 인공적으로 개발한 저칼로리 식품이 체중을 더 증가시킨다. 칼로리가 낮다 해도 음식을 분해하고 저장하는 정상적인 신체 활동을 방해하기 때문이다. 칼로리 소모의 맹신에서 깨어나 다

른 방법을 찾아야 한다.

체중 감량에 관한 그릇된 믿음 6.
좋아하는 음식을 먹으면 감량에 방해가 된다

이것이야말로 다이어트가 효과를 발휘하지 못하는 주된 이유 중 하나이다. 지금까지의 다이어트는 우리가 즐겨 먹는 음식을 대부분 배제했기 때문에 지속 가능성이 별로 없었다. 다이어트는 외식을 하고, 파티에 가고, 술을 마시는 것은 물론 건강하고 균형 잡힌 라이프스타일을 즐기는 것조차 허용하지 않는다. 과연 이게 옳은 방법일까. 또 얼마나 지속 가능한 방법일까. 그보다는 자신이 좋아하는 질 좋은 음식을 적정한 시간대에 먹고, 좋은 기분을 유지하는 게 훨씬 더 이롭다. 자신이 좋아하는 음식을 즐기는 것이 왜 생물학적으로 꼭 필요한지에 대해서는 7장에서 자세히 설명했다.

너무나도 많은 사람들이 자신은 다이어트와 체중 감량에 대해 온갖 정보를 다 알고 있다고 생각한다. 그러면서도 정작 체중을 줄이지 못하는 이유가 따로 있다는 생각을 한다. 이제는 정보가 아니라 자기 자신이 틀렸음을 인식할 때이다. 알다시피, 수십 년 동안 다이어트는 효과가 없었다. 만약 다이어트가 효과가 있었다면 자기 몸무게에 불만이 없을 것이다. 우리는 자기 삶의 모든 부분에서 빠른 해결책을 절실히 원하는 사회에 살고 있다. 자신이 원하는 결과를 얻기 위해 가장 빠르고, 손쉬운 방법으로 자신이 원하는 결과를 얻고 싶어 한다. 그런데 이것이 바로 수많은 사람들이 요요 다이어트를 반복하는 이유이다.

이런 건강에 도움이 안 되는 그릇된 믿음에서 벗어나 이제는 꾸준하고 건강하게, 손쉽게 관리할 수 있는 방법을 찾아야 한다. 다음 장에 소개하는 48시간 킥 스타터로 그 스타트를 끊어 보자.

식욕을 줄인다는 건

세상 유일무이한 도전.

더 적게 먹는 몸에 적응하는 데 필요한 시간은

단 이틀.

4장

48시간 킥 스타터

아트풀 이팅의 준비운동

우리는 필요한 영양보다 훨씬 더 많은 음식을 먹는 것에 너무 익숙해져 있다. 이것은 심각한 문제로 자신의 몸에 불만을 품게 되는 이유이기도 하다. 잠깐 생각해 보자. 언제 어떻게 먹고 있는가. 배가 고플 때까지 기다리는가? 아니면 단지 식사 시간이라서, 뭔가 맛있는 것이 있어서 혹은 심심하거나 불안하거나 조금 출출하다고 먹고 있는가?

아트풀 이팅을 시작하려면 식욕을 줄일 필요가 있다. 음식으로부터 자유로워지려면 적당한 양의 음식을 먹는 것에 적응해야 하기 때문이다. 식욕을 줄이는 것은 아마 유일무이한 '도전'이 될 것이다. 누구든 성인이 되면, 인위적인 수술로 위의 크기를 더 작게 하지 않는 한 거의 같은 크기를 계속 유지한다. 더 적게 먹는다고 해서 위가 줄어드는 것도 아니다. 하지만 음식을 더 적게 먹으면 그것이 식욕을 변화시키고 배고픔도 덜 느끼게 한다.

식욕을 줄이는 방법의 하나로 아트풀 이팅의 첫걸음인 48시간 킥 스타터(Kick-Starter)에 대해 소개하고자 한다. 킥 스타터는 이틀에 걸쳐 각종 비타민과 미네랄을 자신의 몸에 제공하는 액체 위주의 미니 프로그램이다. 야채주스와 수프의 조합으로 구성된 이 프로그램은 체중 감량에 앞서 48시간 동안 마음의 준비를 하는 것이다. 어떤 의미에서 킥 스타터는 자신의 삶에서 새로운 장을 여는 이정표, 즉 실행과 목표 달성을 결심하게 만드는 출발점이 될 수도 있다. 또한 이 과정을 통해 실제로 살이 빠질 수 있기 때문에 심리적으로 긍정적인 효과도 있다.

익숙한 일상에서 빠져나오는 것은 결코 쉬운 일이 아니다. 킥 스타터가 보편적인 다이어트의 초기 단계와 비슷해 보여서 또 실패할까 봐 불안해할 필요는 없다. 이 48시간은 균형과 평정을 찾는 시간이다. 중요한 것은 태도이다. 킥 스타터에 어떻게 접근하느냐에 따라 그것을 경험하는 방식도 달라진다. 이 과정을 즐기면서 시도할 수 있는 적절한 시기를 잘 정해야 효과를 거둘 수 있다.

나는 두 달에 한 번씩 킥 스타터를 시도한다. 말 그대로 시도한다. 완벽하지 않아도 미각을 순수하게 만들고, 식탐에서 쉽게 벗어날 수 있게 해주기 때문이다. 앞에서 했던 자신을 알아 가는 '발견의 한 주'를 마친 후에 이 과정을 시도하길 권한다.

48시간 킥 스타터는 프로그램이 아니다

이틀 동안 몸의 반응을 파악하고 기록하면서 부디 많은 깨달음이 있기를. 48시간 동안 다음에서 제안하는 식단을 해보면서 한 시간 단위로 실제로 얼마나 배고파하는지 확인하고 기록해 둔다. 프로그램이 아니라 간단한 이틀 동안의 실험이라고 생각하라.

- 아침 식사: 그린스무디
- 간식: 야채주스나 허브 차, 또는 한 잔의 커피나 차
- 점심 식사: 야채수프
- 간식: 그린스무디
- 저녁식사: 야채수프

야채수프

런던에서 살이 쪄서 집으로 돌아왔을 때 매일 엄마가 만들어 주셨던 바로 그 수프. 10분의 준비시간과 20분의 요리 시간으로 10인분을 만들어 냉동 저장해 두고 필요할 때마다 데워 먹는다.

재료 준비

양파 1개, 다진 마늘 2개, 채수 또는 닭고기 육수 6컵, 토마토 퓨레 1테이블스푼, 토마토 통조림 2400g, 양배추 1/2개, 당근 4개, 호박 2개, 말린 바질 1/2 테이블스푼 또는 신선한 바질 한 줌, 말린 오레가노 1/2 테이블스푼 또는 신선한 오레가노 한 줌, 고춧가루 약간, 소금과 갓 빻은 후추

요리법

1. 양파와 마늘을 올리브유로 5분 동안 볶는다. 당근을 좋아하는 사람은 같이 넣어 볶는다.
2. 육수, 토마토 퓨레, 토마토 통조림 등 호박을 제외한 다른 모든 재료를 넣는다.
3. 야채가 부드러워질 때까지(5-10분) 끓인다. 호박을 넣고 싶으면 마지막에 넣고 5분 정도 더 끓여준다. 저어주지 않아도 된다.
4. 사워크림, 볶은 베이컨 조각, 초리소(소시지의 한 종류) 토막, 씨앗, 신선한 허브나 치즈 등등 좋아하는 재료를 넣고 저으면서 한 번 더 끓여준다.

그린스무디

한꺼번에 만들어 1인분씩 냉동해 두면 아침에 바로 먹을 수 있어 시간이 절약된다. 솔직히 말해 매일 온갖 재료를 씻고 준비하느니 그린 스무디 한 잔을 마시는 편이 훨씬 낫다고 생각한다. 믹서에 다음

의 재료를 넣고 부드럽고 걸쭉해질 때까지 간 다음 물을 섞어 원하는 농도를 만들면 된다. 약 7인분이다.

재료 준비

시금치 또는 케일 한 줌, 상추 몇 장, 사과 1/4개, 셀러리 줄기 1개, 레몬 1/2개 즙, 신선한 민트 한 줌, 파인애플 1/2조각, 오이 1/4개, 각얼음 몇 개
추가 옵션: 고수 또는 파슬리, 아몬드나 브라질너트 같은 견과류

이틀 간 이 식단대로 하면서 하루 최소 2리터 이상의 물을 마신다. 수시로 허브나 차를 마시는 것도 좋은 방법이다. 배고픔을 없애는 데 도움이 된다.

아침은 따뜻한 레몬수로, 냉수는 간식을 부른다

따뜻한 물이 담긴 큰 컵에 레몬 반 개를 즙을 짜 넣은 후 식사나 운동하기 전에 마신다. 여기에 에너지 보강을 위해 생강이나 캡사이신을 조금 넣어도 된다. 간단하지만 효과는 아주 만점이다. 매일 아침을 레몬수로 시작하라는 건 레몬이 항균과 항바이러스와 면역력 증진에 효과에 있기 때문이다.

레몬은 구연산, 칼슘, 마그네슘, 비타민C, 바이오플라보노이드, 펙틴, 리모넨 등 면역력을 강화하고 감염을 막아주는 많은 성분들이 함

유되어 있다. 가급적 얼음물을 피하고 생수를 미지근하게 데워서 사용하는 게 좋다. 몸이 차가운 얼음물을 처리하는 데 에너지를 너무 많이 쓰지 않도록 하는 것이다. 에너지를 많이 쓰면 결국 보충하려는 심리 때문에 먹는 것에 손을 뻗기 마련이다. 이걸 방지하는 거다.

가능하면 신선한 유기농 레몬을 사용하고, 병에 담긴 레몬주스는 피하는 게 좋다. 유기농 레몬을 하루 전에 미리 껍질을 벗겨서 밀폐된 용기에 넣어서 냉장보관하면 유용하다. 레몬 알맹이는 짜서 쓰고 껍질은 파스타나 샐러드 드레싱, 케이크 등에 넣어서 활용하면 된다. 이 정도 활용이면 비싼 유기농을 사도 돈이 아깝지 않을 것이다.

맛을 첨가한 물

모든 사람들이 물맛을 다 좋아하는 건 아니다. 물 마시기 힘들어하는 사람은 의외로 많다. 물 마시기가 힘들 때는 물에 다른 것을 섞어 마시면 도움이 된다. 풍미를 더한 물은 보기에 좋고 맛도 훌륭해서 과일주스와 탄산음료를 대신하기에도 충분하다. 다음은 내가 추천하는 물과 섞어 마시기에 적당한 야채와 과일이다.

- 얇게 썬 오이에 껍질을 벗긴 생강을 조금 추가한다.
- 신선한 민트
- 레몬, 라임, 수박 등을 얇게 썬 조각. 비타민A와 비타민C를 보충할 수

있다.

- 과일 한 조각과 바질 혹은 민트. 비타민C와 철분 함유로 항산화 효과를 증진시킨다.
- 오렌지와 바닐라. 항산화 성분을 다량 함유하고 있다.
- 얇게 썬 복숭아 조각과 고추. 식욕을 억제하고 칼로리 소모를 촉진하는 효과가 있다.
- 블랙베리와 세이지. 불포화지방과 미네랄을 다량 함유하고 있다.
- 사과와 계피. 계피는 혈당 농도를 낮추고 인슐린 민감성을 향상시키는 효과가 있다.

원하는 과일과 채소를 생수나 정제한 물에 최소한 15분 동안 우려내면 그 미묘한 맛을 즐길 수가 있다. 얼음 대신 과일 큐브나 허브 큐브를 활용하는 것도 방법이다. 각얼음 트레이에 과일이나 허브를 담고 소량의 물을 채워 모양이 생기도록 얼리면 된다. 얼린 과일 조각이나 허브 조각은 나중에 요리할 때 쓸 수도 있어서 여러 모로 유용하다. 과일에 함유된 비타민C는 항암과 주름 제거에 효과가 있고 허브 종류들은 철분 흡수를 도와준다.

집에서 우려낸 차

우려낸 차는 언제 마셔도 좋다. 나는 친구들이 찾아오면 차를 우려낸다. 차는 아름답고, 특별한 느낌을 주며, 맛도 뛰어나다. 취향에 맞는 차를 만드는 것은 정말 간단하고 재미가 있다. 우려낸 차는 킥 스타터를 진행하는 동안 기운을 북돋아 줄 뿐 아니라 홍차나 커피보다 훨씬 더 나은 대안이 될 수 있다. 다음은 차를 만들면 좋은 몇 가지 재료들이다.

- 레몬과 레몬그라스(아주 신선한 차)
- 사과, 생강과 라임(풍부한 맛)
- 페퍼민트(소박한 전통적인 맛)
- 레몬, 생강과 강황(강한 맛)

재료를 부직포 티백으로 감싸거나 그냥 냄비 안에 넣어도 된다. 끓는 물을 붓고 5분에서 10분쯤 재료를 우려낸다. 그런 다음 예쁜 찻잔에 따라 차를 즐기면 된다.

자기 몸을 깨닫는 데 걸리는 시간은 고작 10분

이틀 동안 스무디와 야채수프로 몸을 비우면서 든 생각을 다음에 적어보자.

- 몸과 마음에 어떤 변화가 생겼을까?

- 언제, 어떤 장소, 어떤 상황에서 배고픔을 느꼈나?

- 배고플 때 든 생각은?

• 얼마나 강한 의지를 가지고 48시간 킥 스타터를 했는지?

• 그만 두고 싶을 때, 그때 든 생각, 포기했을 때는 어떤 마음이었는지?

• 정신적 육체적 감정적으로 달라진 점은?

킥 스타터를 진행했다면 분명 체중이 줄었을 것이다. 하지만 목적은 변화를 위해 마음의 준비를 하는 것이지 단기로 살을 빼려는 게 아니다. 전혀 새로운 방식으로 음식을 먹고 경험할 그 준비운동을 하는 것이다.

이틀 동안의 킥 스타터가 힘든 도전일 수 있다. 이전에 경험하지 못한 새로운 맛이기 때문에 거부감이 들 수도 있다. 혹시 이를 포기하고 메뉴에 없는 음식을 먹는다고 해도 상관없다. 자책할 필요가 없다. 그냥 남은 기간 동안 원래의 메뉴로 다시 돌아가면 된다. 단지 최선을 다했으면 한다. 그것이 스스로에게 요구할 수 있는 최소한이자 전부이다.

48시간 킥 스타터를 엄격하게 지키든 자꾸 실패하든 스스로를 너그럽게 대하고 그 과정을 즐겼으면 한다. 체중 감량의 목적은 행복에 있다는 걸 잊지 마라. 자신을 괴롭게 하면서까지 다이어트를 할 필요는 없다.

무엇을 먹는지 알고,
무엇을 먹지 말아야 할지 아는 건
쓸모없는 잡동사니를 없애는 일.
더 건강한 새로운 '나'가 되는 것.

5장

라이프 스타일을 바꿔야 식습관이 바뀐다

가공식품의 가공할 만한 위력

먹는 것으로부터 자유로워지려면 음식이 맛있는 연료임을 깨달아야 한다. 음식은 우리의 몸과 뇌에 영양분을 공급한다. 그러나 우리는 이런 중요한 사실을 의식하지 못하고 건강에 도움이 되지 않는 방식으로 음식을 대하고 있다. 즐겁게 먹어야 한다. 여기서 유일하게 없애야 할 것이 있다면 그건 바로 죄책감이다! 즐긴다면 어떤 방식으로든 변화가 생길 것이다.

앞에서 체중 감량을 이론적으로 뒷받침하는 심리학과 생리학에 대해 잠깐 훑어보았다. 그런 다음 목표를 세우고 실행에 옮기는 경험도 했다. 48시간 킥 스타터를 경험한 느낌이 어떤지? 첫날은 잘 모르겠다 치고 그다음에는 배고프다는 생각을 좀 덜하게 되었는지? 혹은 얼마간의 체중 감소도 있었는지? 만약 살이 조금이라도 빠졌다면 고무적인 출발이다. 하지만 살이 빠지지 않았더라도 걱정할 필요는 없다. 우리 몸은 적응하기까지 다소 시간이 걸리므로 곧 체중이 줄어든다. 믿음을 가져야 한다!

우리 몸은 사과를 먹으면 사과인 줄 쉽게 알아채고 소화시킨다. 하지만 농축된 사과주스를 먹으면 우리 몸은 인공적인 성분을 확인하려 애쓰며 혼란스러워 한다. 소화기관은 음식의 성분을 확인하지 못하면 그 음식을 분해하지 않고 일단 저장한다. 해서, 일반적으로 고도로 가공된 식품들은 영양가가 거의 없거나 전혀 없이 칼로리만 높고, 그 결과 뚱뚱한 몸을 만들게 된다.

단언할 수 있다. 우리의 적은 설탕도, 지방도, 탄수화물도 아니다. 우리의 주적은 지나치게 가공된 식품들이다. 이른바 건강에 좋다고 알려진 '다이어트 식품'이나 가공식품은 오히려 건강에 도움이 되지 않을 때가 더 많다. 현대인들이 비만이라는 전염병으로 고통 받는 주된 이유도 여기에 있다.

건강에 가장 큰 영향을 미치는 것은 자신이 먹는 음식이다. 한 입 먹을 때마다 뇌는 생명 작용을 변화시키라는 지시를 내린다. 무엇을 먹느냐에 따라 우리는 '비만 유전자'나 '마른 유전자' 또는 '건강 유전자'나 '질병 유전자'의 지배를 받는다. 이런 정보는 면역체계를 조절하며, 심지어 섭취하는 음식에 따라 염증을 일으키기도 하고 없애기도 한다. 모든 칼로리가 똑같이 생성되지 않기 때문에 칼로리와도 아무 상관없다. 당분과 전분에 함유된 높은 칼로리는 신진대사를 느리게 하는 반면 지방에 함유된 더 높은 칼로리는 신진대사를 빠르게 한다. 그러므로 음식물로 칼로리를 줄일 수 없다는 사실을 인지하는 것도 매우 중요하다.[1]

그 대신 자신이 섭취하는 음식은 칼로리가 아닌 호르몬, 인슐린 수치, 갑상선, 혈당, 성호르몬, 부신호르몬 등에 영향을 미치는 정보로 생각해야 한다. 몸의 수신호에 해당하는 이것들은 장시간에 걸쳐 어떤 변화가 생기는 게 아니라 시시각각으로 변동이 생긴다. 따라서 과도하게 가공된 식품을 끊으면 아주 짧은 시간에도 생물학적 체질을 개선할 수 있다.

고도로 가공된 식단은 점점 주류로 진입하고 있지만 골치 아픈 부작용이 있다. 최근의 연구는 우리 몸이 왜 점점 뚱뚱해지고 있는지 그 이유를 설명하면서 비만이라는 전염병의 원인이 주로 우리가 먹는 음식이 크게 변한 탓임을 시사하고 있다.[2] 알다시피, 우리의 원래 몸은 오늘날 식단의 대부분을 차지하고 있는 각종 인공적인 가공식품에 익숙하지 않다. 또한 이런 성분은 건강과 체중 유지에 필수적인 장내 미생물도 감소시킨다. 최신 연구에 따르면, 제한적이지만 몇몇 장내 미생물이 비만과 상관관계가 있는 것으로 나타났다. 따라서 각종 화학물질, 방부제, 향미료, 첨가제 등을 다량 함유한 음식을 피하는 것이 매우 중요하다.

만약 피곤하고, 집중하기 힘들고, 피부 트러블이 있거나 손톱과 머리카락이 상했다면 가공식품을 없애는 것이 빠른 해결책이다. 우리는 몸에 발생하는 문제를 해결하기 위해 약물과 마법의 묘약을 끊임없이 찾고 있지만 아주 간단하고도 쉬운 방법을 간과하고 있다. 연구에 따르면, 가공되지 않은 신선한 음식 위주의 식단은 제2형 당뇨병을 막아주고, 만성 편두통을 없애주며, 장 질환이나 천식 문제 개선에도 도움이 된다고 한다.[3]

유감스럽게도 현대적 환경은 오히려 부정적인 식습관을 조장하고 있다. 가공되지 않은 신선한 식재료로 채워진 매장보다 미리 준비된 가공식품으로 가득한 편의점을 발견하는 것이 훨씬 더 쉽다. 더욱 실망스러운 것은 얼핏 건강에 좋아 보이는 음식이나 요리가 보통은 그렇지 않다는 것이다. 식재료에 붙은 라벨과 설명이 사실을 왜곡하고 있다면 우리가 잘 먹는다는 것은 결코 쉬운 일이 아니게 된다.[4]

건강에 좋지 않은 음식을 피하려는 노력에서 진짜 우려되는 점은, 굉장히 많은 사람들이 자신은 잘 먹고 건강하다고 생각하지만 실제로는 사실을 호도하는 거짓 광고에 속고 있다는 것이다. 저지방을 자랑하는 '다이어트 식품'이나 '건강식품'이 보이면 점검해 봐야 한다. 지방을 무엇으로 대체할까? 대개의 경우 그 답은 숨겨진 당분들이다. 이른바 '건강식품'의 이러한 측면까지 파악해서 꼼꼼히 잘 살펴보아야 한다.

식재료에 당분이 들어 있는 건 알지만, 식품업계가 다이어트 식품을 만들기 위해 '지방 함유량'을 숨겨진 당분으로 대체하는 것까지는 잘 모르고 먹게 된다. 문제는 제2형 당뇨병과 치통을 비롯해 비만의 직접적인 원인이 되는 게 바로 당분이라는 데 있다. 우리는 알게 모르게 액상과당, 트랜스 지방, 글루탐산나트륨 같은 물질로 선반을 채우고 있다.

영국 정부 산하의 '영양에 관한 과학자문위원회(SACN)'에서 권장하는 유리당 섭취량은 하루 7티스푼이다. 음식에 함유된 천연당은 제외한 양이다. 유리당과 천연당은 서로 구분할 필요가 있다. 과일과 우유에서 발견되는 자연발생적인 당과 달리 유리당(free sugar)에는 꿀, 시럽, 과일즙, 과일농축액 등에서 자연적으로 발견되는 당과 함께 추가로 첨가되는 당분도 포함된다. 여기서 가공식품에 첨가된 유리당이 큰 문제인데, 우리는 이런 당분을 섭취하고 있다는 사실조차 모르고 있다. 아래의 하루 식단 구성을 보면 얼핏 건강에 좋아 보인다. 과연 그럴까.

- 아침 식사: 플레이크 한 컵, 우유, 저지방 요구르트 2테이블스푼과 베리 그리고 오렌지 주스 한 잔.(14티스푼의 당분 함유)
- 점심 식사: 크림 토마토 수프와 통밀빵 두 조각.(3티스푼의 당분 함유)
- 오후 간식: 레몬워터와 그래놀라 바.(9티스푼의 당분 함유)
- 저녁 식사: 고추, 녹색잎 채소, 레몬과 생강 볶음소스를 넣은 새우볶음.(10티스푼의 당분 함유. 시판 소스에 포함됨)

'건강에 좋아 보이는' 이 식단은 하루 권장량의 5배를 초과하는

36티스푼의 당분이 숨겨져 있다. 하루 권장량의 두 배의 당분을 섭취하면서 하루를 시작하고, 오후 간식을 먹을 때쯤이면 이미 26티스푼의 당분을 섭취하게 되는 것이다![5]

초창기 자연식품 운동가였던 앤 위그모어(Ann Wigmore)는 "자신이 먹는 음식은 가장 안전하고 효력이 좋은 일종의 약이거나 가장 독성이 약한 일종의 독일 수 있다."는 말을 남겼다. '나는 가공식품을 많이 먹지 않는다.'라고 생각하는 사람이 많을 것 같다. 하지만 식품 라벨링과 가공식품에 대한 우리의 생각은 현실과 큰 괴리가 있다.[6]

여기서 잠시 처음에 썼던 음식일지를 들춰 봐라. 시판 소스로 만든 파스타, 시판 소스로 양념한 고기, 저지방 요구르트, 과일주스, 마가린, 햄, 베이컨, 콩고기버거, 두부, 시리얼, 대량 생산 치즈, 가공 샐러드드레싱, 잘라 파는 빵, 크래커, 지나치게 가공된 잼과 병조림, 공장표 토마토케첩, 감자칩, 양판용 샐러드, 코울슬로, 마요네즈, 즉석 식품 등등. 하나도 안 먹었다고 할 수 없을 것이다. 이 모든 음식들은 비만 및 과체중과 직접적인 관련이 있는 인공 화학물질과 조미료를 함유한 것들이다. 이 첨가제들이 지방 세포를 더 크게 만들고 있으며, 결과적으로 우리 몸을 점점 뚱뚱하게 만들고 있다. 그럼 어떤 음식이 몸에 영양을 올바르게 공급하는 걸까?

다음과 같은 아주 간단한 규칙을 지키면 된다.

'발음도 안 되거나 모르는 것이라면 그 음식은 먹지 말 것!'

생소한 식품은 도전하지 말라니 어쩌면 당황스럽겠지만 자연식품 이야기가 아니다. 피해야 할 것들은 과하게 가공된 식품, 그리고 그 중에 생소한 것들이다.

대부분의 과일과 채소는 화학물질과 살충제를 과하게 사용하며 인위적으로 키우기 때문에 맛이 썩 좋은 편은 아니다. 하지만 유기농 채소와 과일로 바꾼다면 놀라운 맛의 차이를 경험하게 될 것이다. 나는 채소를 좋아하지 않는다고 말해온 많은 사람들과 함께 일한 적이 있다. 하지만 '음식과 맛'에 관한 실험을 시작하자 그들의 입맛이 예민해지면서 건강에 좋은 음식을 찾기 시작했다.(10장 참고)

의식적으로 가공식품을 모두 없애라고 하는 것은 함부로 권할 수 없다는 걸 안다. 말은 쉬워도 막상 행하기는 어렵다. 그래서 건강에 나쁜 식습관을 없애는 한편 건강식을 더 많이 섭취했을 때의 연구를 하나 소개한다.

브라이언 완싱크(Brian Wansink) 교수는 식생활과 연관지어 흥미로운 심리학 연구를 진행했다. 그는 집 안에서 어떤 음식이 눈에 띄느냐를 기준으로 사람들의 몸무게가 얼마나 나갈지 충분히 예측 가능하다는 사실을 발견했다. [7]

예를 들어 집에서 감자칩이나 비스킷이 눈에 띈다면 그렇지 않은 가족보다 3~5킬로그램쯤 체중이 더 나가며, 또 집에서 청량음료가 눈에 띈다면 10킬로그램쯤 체중이 더 나갈 수 있다는 것이다. 그 중

최악은 아침식사용 시리얼이다. 이 시리얼은 섬유질을 다량 함유하고 있을 뿐 아니라 비타민과 철분을 강화했다고 광고하지만 실제로는 고도로 가공된 식품이다. 주방에서 가공 시리얼이 눈에 띈다면 평균적으로 그렇지 않은 사람보다 체중이 8~9킬로그램쯤 더 나갈 수 있다.

이와 반대로, 집에서 과일이 눈에 띈다면 그렇지 않은 사람보다 체중이 4~5킬로그램쯤 덜 나갈 수 있다. 지금부터라도 그릇에 과일을 담아 놓자. 조리대에 토스터를 올려놓은 사람들은 그렇지 않은 사람보다 4킬로그램 이상 체중이 더 나가지만, 그 위에 믹서나 블렌더를 올려놓은 사람이라면 그렇지 않은 사람보다 체중이 덜 나갈 가능성이 크다.

주방에 있는 식재료와 가전제품들이 식습관에 부정적 긍정적 영향을 미친다는 걸 알아야 한다. 사람들은 평균 매일 먹는 것과 관련해 약 250가지의 결정을 내린다고 한다. 당연히 긍정적인 선택을 해야 하지 않겠는가.

부엌에서 독성을 없애라

정리에 소홀하다 보면 집 안이 온통 쓸모없는 물건들이 널브러진 쓰레기장이 될 수 있다. 주방을 다시 정리하는 것은 불필요한 식재료들을 없앰으로써 성공적인 체중 감량을 준비할 수 있을 뿐 아니라 새로운 삶을 여는 중요한 행위가 될 수 있다.

잘 정리된 말끔한 주방에 맛있고 건강한 음식이 가득하다면 변화를 시도하는 사람들에게는 이 자체가 정신적, 육체적 발전을 부른다. 요리에 필요한 모든 것에 쉽게 접근할 수 있는 깔끔한 공간을 갖는 것도 중요하다. 우선 과도하게 가공되어 건강에 해로운 식품들은 모두 처리하자. 어쩌면 시간이 많이 걸리는 일이 되기도 한다. 냉장고와 팬트리를 다시 꾸민다고 생각하면 훨씬 더 수월할지도 모른다.

냉장고와 선반의 식재료 정리하기

냉장고와 선반에 있는 것을 모두 꺼내 눈에 보이도록 모은다. 그리고 다음 리스트에 있는 것들은 과감하게 처분한다.

- 모르는 재료가 들어 있는 식품
- 신선해 보여도 유통기한이 긴 식재료
- 햄, 살라미, 프로슈토, 소시지, 베이컨 등의 가공육들
- 시리얼, 소스, 즉석식품, 냉동식품 등 지나치게 가공된 식재료들
- 과일주스, 탄산음료, 합성 이온 음료
- 미리 조리된 즉석식품, 디저트, 수프, 소스
- 지나치게 많은 재료가 들어간 간편식

다시 강조하지만, 발음하지 못하거나 알지 못하는 식재료는 멀리해야 한다. 가공육을 좋아한다고 해도 매일 먹는 게 아니라 가끔 즐기는 특별식 정도가 되어야 한다. 특히 냉동간식이나 전자레인지용 팝콘, 감자칩, 맛을 첨가한 육류들, 생소한 재료 투성이의 과자, 다이어트 음료 또는 이온 음료는 주적이다.

일단 보관해야 할 음식을 정했으면 종류와 용도에 따라 식탁 위에서 재분류한다. 통조림 등의 저장류, 유제품, 콩류, 허브와 향신료, 주식 재료 등을 그룹별로 분류한다.

모든 것이 잘 보이게 정돈하기

이번에는 싱크대에서 식품이 아닌 것들을 모두 꺼내어 바닥의 낡은 시트에 내려놓는다. 각각의 칸을 치울 때마다 시트에 보관해야 할

물건과 버려야 할 물건을 분리한다.

물건을 다 비우고 나면 주방이 훨씬 더 깔끔해지고 넓어진다. 무엇을 보관해야 할지 생각해 보자. 필요로 하고, 실제로 사용하며, 자주 애용하는 물건들만 따로 정리한다. 공간이 확보되면 싱크대나 서랍을 열 때 물건을 한눈에 쉽게 찾을 수 있다.

일종의 가이드로 217p에 기본 주방용품을 실어두었다. 좋은 품질의 주방용품은 요리를 하거나 빵을 구울 때 한결 편리할 뿐 아니라 장기간 사용해야 하기 때문에 가능한 한 최고의 품질에 투자하는 편이 좋다. 목록에 실린 주방용품을 참고삼아 필요한 만큼 구입하면 좋을 것 같다.

특별한 행사를 위해 '좋은 물건'을 아낄 필요는 없다. 사용하고 즐길 수 있어야 한다! 나는 엄마가 선물해 주신 로얄스태포드 찻잔 세트를 무척 좋아한다. 섬세하게 분홍색 장미를 그려 넣은 전통적인 흰색과 금색 테두리의 본 차이나 찻잔은 기품이 있다. 그 찻잔으로 커피를 마시면 일반 머그잔을 사용할 때보다 맛이 훨씬 더 좋게 느껴진다. 친구들도 종종 맛 차이가 난다고 했다. 자기가 정말 좋아하는 물건이 있다면 켜켜이 먼지가 쌓이도록 묵혀 두지 말고 그것을 즐겨 사용하자. 그리고 여러 개 있거나 자주 사용하지 않는 물건이 있다면 기부하거나 폐기하는 것도 고려할 필요가 있다.

일단 자기가 좋아하고 실제로 사용하는 주방용품들로 주방을 간소하게 만들었다면 이제는 동선이 편하게 주방용품을 보관하는 방법을 알아보자.

- 비슷한 부류는 같이 보관하거나 종류별로 분류한다. 예를 들면 베이킹 재료, 콩류, 건조 식재료를 한군데 보관하고, 통조림과 보존식품을 따로 보관하는 식이다.
- 조리 방법별, 사용 빈도별로 정돈한다. 접시와 식탁용 식기류, 유리그릇과 컵, 접대용 그릇과 계절용품 등으로 구분해서 보관한다.
- 조리 도구는 가스레인지나 인덕션레인지 가까이에 둔다.
- 주방 기구는 조리 준비대 가장 가까운 서랍에 보관한다.
- 유리그릇은 싱크대나 냉장고 가까이에 둔다.
- 찻잔과 필터 등 커피나 차와 관련된 용품은 정수기 근처로 배치한다.
- 자주 사용하는 재료들은 보관 용기에 라벨을 붙여둔다. 라벨만 봐도 신선식품인지 가공식품인지 습식인지 건식인지 파악할 수 있다.
- 소금, 설탕, 허브, 소스, 오일, 잼, 향신료 등은 전용 선반을 지정해서 한 곳에 모아둔다.
- 벽면이나 천장을 활용해서 냄비와 팬을 수납한다. 걸어두는 방식은 수납공간 활용도를 넓히고 쉽게 찾아 사용할 수 있어 편리하다.

이 모든 것들은 주방 내에서 물건과 위치를 한눈에 파악하여 쉽게 관리하는 데 그 목적이 있다. 꼭 그대로 따라 하지 않아도 자신의 취향에 따라 보관, 수납, 사용 방식을 정하면 된다.

시간과 에너지를 투자하여 주방을 정리 정돈하는 것은 좋은 환경을 만들기 위한 투자에 해당한다. 앞에서 48시간 킥 스타터로 자신의 몸을 들여다 본 것처럼 자신의 식습관을 파악할 수 있고, 나아가 균형 잡힌 삶을 즐기기 위한 공간을 준비할 때 정신적으로도 많은 도움이 된다.

몇 년 전 내 남편은 전국의 중등학교에서 국제개발에 관한 강의를 하고 있었다. 남편은 같은 날 자신이 방문했던 특별한 두 학교에 대한 이야기를 들려주었다. 두 학교는 같은 구역에서 서로 2킬로미터 가량 떨어진 곳에 있었다. 한 학교는 조립식 건물로 지어져 낡고, 지저분하고, 난방도 엉망이었다. 반면 다른 학교는 학습 공간에 적합하도록 새로운 최첨단 시설로 지어져 있었다. 산뜻하고, 널찍했으며, 완벽했다. 남편은 두 학교 학생들이 보여주는 태도의 차이를 이해할 수 없었다고 했다. 낡은 건물에서 공부하는 학생들은 수업에 잘 참여하지 못하고 잠시도 가만히 있지 못했다고 한다. 반면 새 건물에서 공부하는 학생들은 차분하고 호감이 가는 모습이었다고 한다. 남편의 관찰은 나를 깜짝 놀라게 했다. 둘 다 비슷한 사회적 · 경제적 배경을 가진 학생들이 다니는 국가에서 운영하는 학교였기 때문이다.

우리의 감정과 행동을 결정하는 데 있어 환경이 지대한 영향을 미친다는 걸 보여주는 단적인 사례가 아닐까. 집을 매력적이고, 청결하고, 정리가 잘 되어 있고, 아름다운 장소로 만들어야 하는 이유도 마찬가지이다.

나는 집에서 시간 보내기를 정말 좋아한다. 실내는 신선한 꽃들과 아름다운 식물들을 놓고, 벽면은 여행에서 가져온 그림을 걸어 놨다. 수년 동안 애지중지 수집해 온 다양한 가구들도 곳곳에 배치해 두었다. 내가 사랑하고, 실제로 사용하며, 즐기는 것들로 꾸몄다. 그러니 집에 있으면 평화롭고 편안하고 행복하지 않을 수가 없다. 이 책을 읽는 여러분들도 자기 집에 이런 감정을 느꼈으면 좋겠다.

기분을 좋게 하는 일은 매우 중요하고, 집에서 휴식할 때는 더 중요해진다. 때로는 삶을 방해 받거나, 스트레스를 경험할 수도 있다. 따라서 기본적인 것부터 바로잡혀 있는 게 중요하다. 건강에 좋은 음식들로 가득한 주방, 청결하게 잘 정리된 아늑한 침실, 기분을 좋게 만드는 멋진 옷들로 채워진 옷장이 바로 그런 기본적인 것들이다! 집 안을 청결하고 깔끔하게 유지하는 건 정말 힘든 일이다. 하지만 모든 물건이 정한 장소에 잘 위치해 있으면 그것들을 청결하고 깔끔하게 유지하는 것이 한결 쉬워진다.

편하고 헐렁한 옷에 속지 않기

이 책이 제시하는 체중 감량법은 한마디로 삶에서 좋은 것들을 즐기는 것이다. 우리는 자신과 자기 물건들을 존중할 때 훌륭해 보이고, 또 그렇게 느낀다. 어울리지 않는 옷이나 그저 '편안한 옷'으로만 가득한 지저분하고 정리되지 않은 공간이 있다면 그것은 스스로에 대한 자존감이 부족하다는 메시지나 다름없다. 자신의 외모에 자신감을 갖는 것이 중요하다. 그것은 의욕을 가지고 목표를 달성할 수 있도록 도와준다. 지금 우리는 날씬해질 준비를 하고 있다. 이 과정에서 만약 몸매를 숨겨주는 헐렁하고 편한 옷을 늘 입고 다닌다면 목표를 쉽게 포기하게 될지도 모른다. 그래서 옷장을 정리하는 것 또한 체중 감량의 일부가 되는 것이다.

음식 공간인 주방을 변화시킨 것처럼 옷장이나 옷방도 체계적이고 움직이기 편하게 만들어야 한다. 옷장이 꽉 차 있으면 실제로 그 안에 무엇이 들어있는지 확인하기 매우 힘들다. 따라서 여유 공간을 넉넉하게 확보하여 품질 좋은 멋진 옷들을 제대로 보관해야 한다. 자신의 외모가 마음에 들면 우아하고 자신감 있게 행동하지만 외모가 불만족스러우면 탐식이나 폭식에 빠져들기 마련이다. 외모가 행동을 좌우하는 불행한 일은 일은 더 이상 만들지 말자.

옷장 정리는 이렇게

옷장을 정리하면 쇼핑 목록에도 영향을 미쳐 양보다 질을 선택할 수 있게 된다.

- 옷장에서 옷을 다 꺼내놓는다.
- 가장 좋은 옷과 공간만 차지하는 쓸모없는 옷들을 분류한다.
- 낡고 허름하고 몸에 안 맞는 옷들은 이 기회에 다 처분한다.
- 속옷과 잠옷도 마찬가지. 가장 품질이 좋고, 몸에 잘 맞고, 잘 어울리고, 기분을 좋게 해주는 옷들만 남겨 둔다.
- 컬러별로 정리하는 것도 방법. 보는 눈도 즐겁고 찾기도 수월하다.
- 옷을 보관하는 방법에 신경써라. 필요한 옷은 옷걸이에, 작은 옷은 개어서 보관한다. 개어 놓은 옷들은 수직으로 보관하면 서랍 깊이 뒤지 않아도 바로 찾을 수 있다.
- 가장 바람직한 것은, 모든 옷이 한 눈에 보이도록 정리하는 것이다.
- 세로 수납이 가능한 서랍 칸막이를 활용해서 양말과 속옷을 바로 찾도록 한다.

남은 게 별로 없어 허전한 기분이 들어도 걱정할 필요가 없다. 어울리지 않는 낡은 옷들로 미어터질 것 같은 옷장보다 신중하게 옷을 골라 넣은 슬림한 옷장이 훨씬 더 좋은 거다.

때로는 외모와 집 그리고 물건들에 대한 자부심이 사람을 성장시키기도 한다. 회의나 미팅이 없더라도 시간을 내어 손톱손질과 두피관리를 받아 보거나 혹은 메이크업을 받아 보라. 화장품 매장 직원이 기꺼이 메이크업을 해줄 것이다. 한두 가지 화장품을 구매할 수도 있다. 이 경우에도 옷장과 마찬가지로 사용하지 않거나 필요 없는 화장품과 미용 제품은 모두 처분하는 게 좋다. 자신이 사용하는 제품을 간소화하고 양보다 질을 선택하다 보면 저절로 자기 자신의 소중함을 깨닫게 된다.

스스로를 돌보고 존중하고 사랑해야 한다. 특별한 날을 위해 자신이 좋아하는 향수나 보석을 아낄 필요가 없다. 인생은 현재진행형이다. 매일 자신을 포용하고 아껴주어야 한다. 체중 감량에 성공하고 나서가 아니라 현재의 자기 모습에 자부심을 가져야 한다.

지금 현재 나를 기분을 좋게 해주는 것들에 집중할 필요가 있다. 이는 목표를 달성하는 데에도 분명 긍정적인 영향을 미친다. 동기를 부여하며 의욕과 자신감을 갖게 하는 것이 현재 지금의 나 자신임을 잊지 말자.

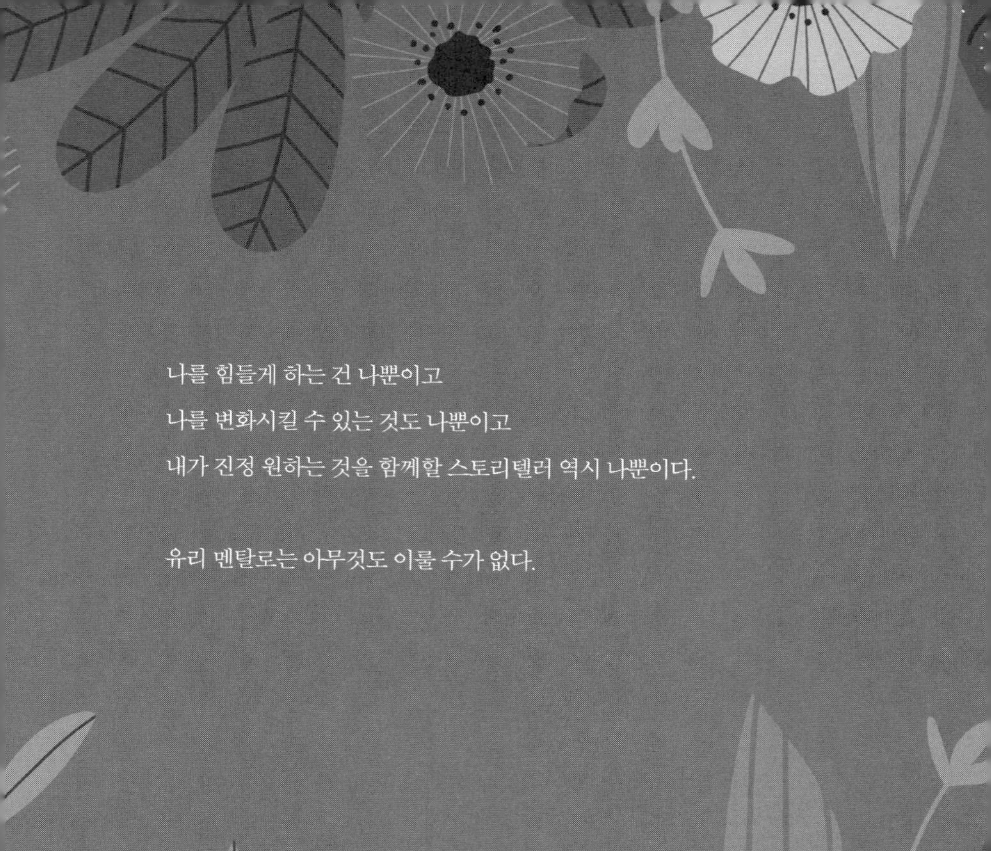

나를 힘들게 하는 건 나뿐이고

나를 변화시킬 수 있는 것도 나뿐이고

내가 진정 원하는 것을 함께할 스토리텔러 역시 나뿐이다.

유리 멘탈로는 아무것도 이룰 수가 없다.

6장

체중 감량은 멘탈 관리이다

어느 한순간에 무너진다

메리는 뭐든 가리지 않고 잘 먹었고, 심지어 남들이 남긴 음식까지 먹어치웠기 때문에 어려서부터 '푸드탱크'라는 별명이 붙어 있었다. 그녀는 마음껏 음식을 먹고 즐기면서도 청소년기 내내 날씬했기에 자신의 식습관을 크게 신경 쓰지 않았다. 그녀의 스토리는 간단했다. 그저 음식을 무척 좋아하고 왕성한 식욕을 가지고 있다는 것뿐이었다.

메리는 스물두 살 때 수상 스포츠 시합을 하다가 그만 허리를 다쳤다. 그녀를 진찰한 의사는 그녀의 등을 찍은 엑스레이를 보여주며 척추의 윤곽이 '완벽하다'고 말했다. 그러고는 엑스레이 상에서 둥글게 곡선을 이루고 있는 배의 윤곽을 손가락으로 가리키며 말했다.

"보세요, 이게 배입니다. 풍선처럼 부풀었네요."

무심코 던진 이 한 마디가 모든 것을 바꾸어 놓았다. 메리는 의사가 말한 내용이 아니라 그 방식에 상처를 받았다. 마치 물건 취급받는 기분이 들면서 그 순간 무언가 바뀌었다. 그녀의 별명은 단 한 번도 그녀에게 부정적인 의미로 다가온 적이 없었다. 단지 먹는 것을 정말 좋아하는 소녀였을 뿐이다. 하지만 의사의 그 한마디를 계기로 갑자기 타인의 시선을 몹시 의식하게 되었다.

메리는 곧바로 '완벽한 몸'을 위해 다이어트에 돌입했다. 헬스클럽 회원권을 끊고, 건강 식이요법을 시작했다. 20대 한창 나이에 개인 트레이너를 구해 항상 운동했다. 그러자 실제로 날씬해졌다. 하지만 힘든 다이어트를 중단하자마자 감량한 것 이상으로 다시 몸무게가 불어났다. 예전에는 관심도 없었던 체중과 신체 사이즈에 계속 집착하면서 줄곧 다이어트와 요요를 오갔다.

메리의 이야기에는 변화가 있다. '난 내가 원하는 것을 먹고 있고 멋진 몸매를 가지고 있어.'라는 건강한 젊은 여성의 스토리에서 '난 원하는 몸매를 갖기 위해 끊임없이 분투하고 노력해야 해.'라는 스토리로 옮겨간 것이다.

수년이 지나자 메리는 결국 다이어트를 지속할 동력을 잃고 말았다. 점점 살이 쪘다. 그 후 그녀는 '나는 친구 사이에서 뚱보로 통하고 내가 좋아하는 옷도 못 입어.'라는 스토리를 가지게 되었다. 늘 먹는 게 큰 문제였다. 먹는 것에 지나치게 관대한 자신에게 죄책감이 들고, 자기 몸에 대한 불만이 점점 높아지고, 급기야 자존감도 땅에 떨어지는 서사를 가지게 되었다. 자신의 몸매에 불만이 쌓이자 기분 전환용으로 오히려 식탐이 증가했다. 스스로 헤어 나올 수 없는 악순환이란 바로 이런 것이다. 나를 만나러 왔을 무렵, 그녀는 몹시 지쳐 있었고, 지나친 과체중에 환멸을 느끼고 있었다.

이 이야기가 자기 이야기 같은 사람이 많을 것 같다. 메리와 상담하면서 그녀의 몸무게와 그녀가 살아온 스토리에 대한 잘못된 확신을 바꾸려고 많은 노력을 했다. 차근차근 삶을 되돌아보고, 잘못 되게 만든 결정적인 순간도 알아냈다. 의사와의 만남이 바로 그 순간이었다. 나는 그녀 자신과 의사 그리고 과거에 그녀의 몸에 대해 입방아를 찧었던 모든 사람들을 지워 버리고, 과거의 부정적인 생각과 믿음을 모두 떨쳐 버리라고 조언했다. 그러면서 '나는 내가 사랑하고 존중하는 아름다운 사람이며, 내가 원하는 몸을 쉽게 만들어 낼 수 있다.'라고 자신의 스토리를 의식적으로 새로 써 나갈 수 있게 용기를 북돋아 주었다.

이러한 과정은 과거에 그녀가 만족했던 몸무게로 되돌아가는 데 걸림돌이 되었던 것들을 떨쳐 내게 했다. 결국 메리는 3개월 동안 약 10킬로그램의 체중 감량에 성공했으며, 그 과정을 즐겁게 받아들였다. 이러한 과정을 경험하는 것이 매우 중요하다. 잘못된 믿음이 자신의 목표를 달성하고 유지하는 데 있어 얼마나 큰 장애물인지 알게 되기 때문이다.

멘탈 관리1. 자기를 스토리텔링하라

메리는 자신의 스토리를 들춰내어 의식하게 되었고, 일련의 과정을 통해 의식적으로 자신의 스토리를 다시 써나갈 수 있게 되었다. 그리고 변화 덕분에 체중 감량으로 악전고투하던 상황에서, 쉽게 살을 빼면서 자신이 원하는 몸매를 갖게 되는 상황으로 옮겨갈 수 있었다.

과거를 돌이켜 보다

내 몸무게와 삶의 스토리에 대해 곰곰이 생각해 보자. 최대한 나에게 솔직해야 한다. 물론 무의식적으로 형성된 모습을 의식적으로 다 파악할 수는 없다. 하지만 인식 가능한 경험과 기억, 신념 등이 분명 존재할 것이다. 자기 자신, 자신의 몸, 자신의 몸무게, 자신의 인간 유형과 관련된 모든 단어와 생각을 머릿속에 떠올려라. 그런 다음 아래 질문에 대한 답을 적는 거다.

너무 어렵게 생각할 필요가 없다. 그냥 머리에 떠오르는 대로 적으면 된다. 하지만 가능한 한 상세하게 지금에 영향을 미친 기억, 감정, 경험과 사람들을 포함시켜 적는 것이다. 이것은 체중뿐만 아니라 내 삶을 방해했던 뿌리 깊은 편견을 없앨 수 있는 기회이기도 하다.

- 내 몸에 처음으로 불만을 가졌을 때는 언제인가?

  (ex) 사춘기 때

- 가족 중에 나 외에 자기 몸무게에 불만을 가진 또 다른 사람이 있는가?

  (ex) 엄마 혹은 언니

- 언제 처음으로 다이어트를 시작했나?

  (ex) 졸업 앨범 촬영할 때

- 내 몸에 만족한 때는 언제였나?

  (ex) 사회생활을 시작한 뒤 2~3년

- 다른 사람들은 내 외모에 대해 어떻게 말하는가?

  (ex) 살만 빼면 예쁠 거라고

- 현재 자기 몸을 어떻게 생각하고 있는가?

  (ex) 이대로 살다가는……

이 질문들은 결코 쉽지 않다. 하지만 자신의 생각을 탐색하는 데 시간과 에너지를 과감하게 투자해야 한다. 이 질문들이 내 스토리의 뼈대이다.

질문에 답하는 것을 마치고 난 뒤 직관적으로 떠오르는 생각을 되짚어 봐라. 음식과 체중 감량, 이것들이 내 몸에 얼마나 부정적인 영향을 미치고 있나?

자, 지금의 생각을 한 페이지에 요약해서 적어라. 그런 다음 자신의 스토리를 다시 읽어 봐라. 어쩌면 감정적으로 반응할 수도 있다. 나와 함께 프로그램을 한 사람들은 보통 이 과정에서 심하게 감정이 요동쳤다. 하지만 이것은 좋은 현상이다. 울고 싶으면 울어라. 사랑하는 사람이나 신뢰할 만한 친구들에게 자신의 스토리를 속 시원하게 털어놓는 것도 괜찮다.

자신의 스토리를 드러내고 인정하고 느끼는 과정에서 보통의 사람들은 문제를 해결할 실마리를 찾게 된다. 반면에 자신의 스토리를 마주보는 걸 무척 힘들어 하는 사람도 있다. 오랫동안 그렇게 살아왔기 때문에 애써 파헤치고 싶지 않은 거다. 하지만 이 과정은 자신의 과거 스토리가 얼마나 삶을 방해했는지 깨닫기 위해 필요한 과정이다.

무엇이든 바꾸는 것은 무척 힘든 일이다. 우리는 익숙한 것을 반복하려는 속성이 있으며, 또한 전문가의 도움이 없으면 내면 깊숙한 무의식에 접근하기도 힘들다. 하지만 할 수 있는 아주 효과적인 방법이 있다. 그것은 자신을 위한 새로운 스토리, 즉 자기 자신이 누구이며 자신의 목표가 무엇인지 깨닫도록 새로운 이야기를 만드는 것이다. 자기 자신에게 새로운 스토리텔링을 입혀서 자기 몸을 사랑하고 존중하게 만드는 방법이다. 자기 몸을 이해하고, 좋은 영양분을 공급하고 싶어지게 말이다. 더불어 체중 감량을 다시 생각해 보고, 건강에 나쁜 불필요한 체중을 빼면서 체중 감량을 달성해 나갈 길을 모색하도록 돕는다.

자신의 새로운 스토리를 발굴하는 것은 긴장과 자신감을 동시에 불러 일으켜 더 행복하고, 더 건강해지도록 마음을 다잡게 한다. 덕분에 살을 빼는 것이 훨씬 더 쉬워지게 된다.

그런데 주변에서 바라보는 시각은 자신이 자신을 바라보는 시각과 다를 수 있다. 이런 문제도 해결해야 한다. 자기 시각과 타인이 자기를 보는 시각을 객관화시키는 것이 중요하다. 스스로에게 마음의 문을 열고 솔직하지 않으면 지속적인 변화는 일어날 수 없다.

어서 새로운 삶으로 페이지를 넘겨 보자. 낡은 스토리를 버리고, 자기 자신과 자신의 몸을 사랑하는 긍정적인 새로운 스토리로 그 자리를 채울 순간이다.

새롭게 다시 쓰는 스토리

청사진이 담긴 미래를 스토리텔링하는 것은 더 적극적으로 앞으로 나가게 만드는 강력한 도구이다. 새로운 페이지를 쓰는 것은 삶에 대한 믿음과 행동에 변화를 일으킨다.

목표 체중을 향해 노력하는 동안에는 매일 아침저녁으로 새로운 스토리를 읽자. 물론 목표 달성 이후에도 한동안 계속해야 한다. 새로운 스토리를 전화기에 녹음하여 매일 아침저녁으로 다시 들어도 좋다. 이는 생각 이상으로 효과적이다. 자신의 새로운 스토리를 접하는 동안에는 그것을 진심으로 느끼고 믿어야 하며, 스토리를 읽는 순간 따뜻하고 긍정적인 감정이 흘러나오게 해야 한다. 그럼에도 불구하고 자신의 스토리를 의식적으로 이해하고, 새로운 스토리를 다시 쓰고 받아들이는 연습을 했어도 변화에 실패한다면 이런 부정적인 과거에서 벗어날 수 있게 도움을 주는 치료전문가를 찾아가도 좋다.

다음은 나의 도움을 받았던 한 여성이 쓴 스토리이다. 예시 삼아 읽어 보자.

오랜 세월 나와 같이 했던 내 몸무게에 관한 스토리

나는 사진, 페이스타임, 스카이프 등에서 나의 리얼한 모습을 보게 될 때까지 과체중을 부정하며 살아왔다. 그곳에 나타난 여자를 보고 한 대 얻어맞은 것처럼 큰 충격을 받았다. 부끄러웠고, 수치심으로 인해 그 동안 세상 사람들이 나를 어떻게 생각했을지 상상하는 버릇까지 생겼다. 그래서 독한 다이어트를 한 결과 불과 1년 만에 20킬로그램이나 살을 빼기도 했다. 한동안은 수치심이 살을 뺄 수 있게 해줬지만 그 반대로 다른 사람 앞에서 음식을 먹는 것은 힘들어졌다. 사람들이 평범하지 않은 내 식단 때문에 오히려 내 몸무게에 더 관심을 보이는 것 같았다. 친구와 잠시 같이 살 때는 이런 극단적인 다이어트식 때문에 몹시 부끄러운 나머지 '성공'을 거두었던 다이어트를 포기하고 말았다. 해를 거듭할수록 내 몸무게는 꾸준히 늘어났다. 처음 다이어트를 시작한 이래로 40킬로그램이나 증가한 것이다. 지금은 강박관념에서 벗어나 건강한 식습관을 익히려고 많은 노력을 하고 있다. 나는 만성피로 증후군을 가지고 있어 사용할 수 있는 에너지에 한계가 있다. 그래서 나에게 과체중은 일상 생활이 더 힘들어진다는 뜻이기도 하다. 여럿이 함께하는 활동에 잘 참여하지 못하는 나를 지켜보는 것은 슬픈 일이다. 이런 난국에서 과연 벗어날 방법이 있을지 회의가 든다.

내 몸무게에 관한 새로운 스토리

사진 속의 나를 보면 그 당시 친구들과 함께 했던 즐거운 시절이 떠오른다. 몸무게를 재지 않는다. 옷이 꽉 낀다고 해서 절망에 빠지지도 않는다. 즐길 수 있는 음식을 선택하며, 적은 양일지라도 맛있는 음식을 자유롭게 먹는다. 배고픔이 느껴지면 뭔가 다른 일을 하는 대신 음식을 먹으라는 신호를 내게 보낸다. 소량의 맛있는 음식에 집중하기 때문에 케이크나 파이나 아이스크림을 통째로 퍼먹지 않는다. 단지 눈앞에 보인다고 해서 먹으려고 달려들지도 않고, 나중을 위해 남겨둘 여유가 생겼다. 몸무게를 가볍게 한 덕분에 활력을 느끼며 자유롭게 움직일 수 있다. 외출하고 싶지 않을 때는 군것질 대신 여러 가지 창의적인 일을 하려고 한다. 나는 나의 가치에 순응하며 살아간다. 풍요로운 영적인 삶, 좋은 동료 관계와 다양한 사람들과의 친분, 사랑과 봉사 같은 가치 있는 삶을 만드는 데 비중을 둔다. 내 몸은 사람과 자연과 소통하는 수단이기 때문에 매우 소중하다. 나는 타인의 몸과 내 몸을 비교하는 대신, 이 세상을 살아갈 몸이 있음에 감사를 드린다. 나는 새로운 나의 스토리를 쓴다. 이 새로운 자유 속에서 가족의 불안과 걱정도 더 이상 나에게 영향을 미치지 않는다. 오히려 나를 걱정하는 가족들에게 연민을 느낀다. 잘못된 행동을 반복하지 않고, 주변의 시선과 타인의 간섭이라는 족쇄에서 벗어나겠다는 것이 나의 결심이다.

불확실한 의심은 지워라

새로운 스토리를 만드는 과정은 자신의 삶에서 불확실한 의심을 없애는 순간이기도 하다. 예를 들면 금연과도 같은 이치이다. 다수의 사람들은 담배를 끊고 싶어 하지만 그러기 위해서는 의지력 이상의 뭔가가 필요하다. 신념이 있어야 하는 것이다. 과거의 신념은 여러 '핑계'였다면 지금의 신념은 마땅히 해야 할 '당위성'에 해당한다. 여러 해 동안 담배를 피우다가 단 하루 만에 금연을 결심한 사람들이 그런 케이스에 해당한다. 금연에 대한 불확실한 믿음이 단호한 신념으로 바뀔 수 있었던 것은 이를 촉발한 모종의 계기가 있었기 때문이다.

체중 감량을 위한 자기 스토리를 새로 쓰는 것은 하루아침에 금연을 하는 것과 똑같다. 모종의 계기로 인해 핑계를 버리고 당연히 해야 할 신념을 가지는 일이다. '살이 빠질 수 있을까'라는 불확실한 믿음이나 의심 등을 내면에서 다 없애는 데서 출발해야 한다.

멘탈 관리2. 감량은 자기 믿음에 대한 대가이다

우리는 언제든 삶에서 엄청난 변화를 일으킬 수 있는 힘을 내부에 갖고 있다. 지금 하나하나 짚어 가면서 내부의 그 힘을 끌어낼 계기를 함께 찾고 있는 중이다. 내가 원하는 삶과 몸과 건강을 만들 준비가 되었다면 믿음을 선택하는 법도 배워야 한다. 믿음을 선택한다는 게 다소 어색하게 들릴 것이다. 하지만 지금까지의 과정을 볼 때 우리에게 가장 중요한 것, 그리고 아트풀 이팅 철학에서 가장 중요한 것은 바로 정신이다. 일단 '목표를 달성할 수 있다'는 믿음을 선택하면 사고방식과 행동에 큰 변화가 생겨난다. 그리고 원하는 몸과 삶을 위해 확고한 신념을 만들어 낼 수 있다.

그렇다면 불확실성을 확고한 믿음으로 바꾸는 결정적인 계기는 어떤 것일까. 다음은 어떤 채식주의자의 경험이다.

육류업계에 종사하던 나의 아버지는 소들을 도살장에 보내기 전에 풀밭에 풀어놓고 풀을 뜯게 하곤 했습니다. 사랑스러운 내 친구 로나 제인은 그 중 한 마리를 무척 좋아했는데, 스노위라고 불리던 아름다운 하얀 소였습니다. 어느 날 제인이 찾아왔을 때 스노위가 보이지 않았습니다. 제인은 사랑스런 스노위는 어디 있냐고 물었습니다. 그러자 아버지는 짐짓 진지한 표정을 지으며 "네가 지금 그 녀석을 먹고 있잖니!"라고 대답했습니다. 아버지 특유의 농담이었지만 제인은 그 말을 재미있어 하지 않았습니다. 실은 정반대였습니다. 그 무렵 제인은 영화 〈베이브〉를 보았고, 자신이 애정을 쏟던 동물들을 먹는 것에 도덕적인 문제가 있다고 느끼고 있었습니다. 그 결과 막연히 채식주의자가 되고 싶다고 생각했던 제인은 확신이 생겼습니다. 이 사건을 계기로 그녀의 결정은 확고한 신념이 된 것입니다. 현재 그녀는 행복하고 건강한 채식주의자로 살아가고 있습니다.

당신은 어떤 계기로 인해 확고한 신념이 생긴 적이 있는가? 내 고객들은 저마다 다른 계기를 가지고 있지만 근본적인 동기는 모두 같았다. 그것은 바로 '자유롭고 싶다'는 것이다. 머릿속을 끊임없이 맴도는 먹는 생각에서 해방되고, 항상 원하는 것을 자유롭게 먹고, 원하는 옷을 자유롭게 입고, 과체중에 따른 건강 문제에서 벗어나 자신감을 찾고 싶어 했다.

체중 감량에 대한 확신을 가지려면 자신의 믿음의 결과에 집중하는 습관을 길러야 한다. 즉, 감량 목표를 달성하면 생기는 엄청난 만족을 계속 생각하는 거다. 우리는 변화에 오랜 시간이 걸린다고 믿는 경향이 있다. 하지만 이것은 착각이다. 자신의 인생에서 일어난 변화를 떠올려 보라. 사실 모든 중요한 변화는 한순간에 일어난다. 실제로 변화가 이루어지기까지 걸리는 이 시간을 심리학자들은 '숙고 기간(contemplation period)'이라고 부른다. 이것은 정신적으로 변화를 준비하는 시간을 말한다.

지금 당장 해야 할 일

먼저 체중 감량이 엄청나게 힘들다는 고정관념을 깨야 한다. 체중 감량은 즐거운 경험으로 여겨지지 않지만 실제로는 즐거운 경험이 될 수도 있다. 그 희열에 도전하려면 어떤 변화가 있어야 할까.

변화를 위해 반드시 필요한 믿음은 첫째, '나는 지금 당장 변화할 수 있다'는 것이다. 이는 큰 도전이다. 우리는 중요한 변화에 시간이 걸린다는 통념을 이미 가지고 있다. 하지만 시간이 걸리는 것은 변화가 아니라 정신적으로 변화에 시동을 거는 기간이다. 실제 변화는 순식간에 이루어진다. 지금 당장 그 순간을 만들 수 있다고 믿어야 한다.

두 번째는 '변화를 일으키는 건 나 자신'이라는 믿음이다. 변화를 일으키는 건 다른 사람이 아닌 오직 자기 자신이다. 이 사실을 부정하는 사람들은 항상 변화를 위해 다른 사람의 도움을 받으려 든다.

세 번째는 '자신의 목표'에 대한 믿음이다. 지금 자신이 목표로 하는 몸무게와 신체 사이즈를 방해하는 것이 무엇인가? 목표를 방해하는 것들을 조목조목 적은 뒤 자세히 읽어 보자.

다시 말하지만, 인생에서 관심을 가지는 모든 것은 다 경험이 될 수 있다. 만약 항상 약속에 늦는다는 생각을 가지고 있다면 어떻게 될까? 아마도 무의식적으로 이런 믿음을 뒷받침하는 조건을 만들어서 다음에도 그 다음에도 계속 늦을 것이다. 마찬가지로 만약 '나는 뚱뚱하고 내 몸이 마음에 들지 않아.'라는 부정적인 믿음에 사로잡혀 있다면 이를 뒷받침하는 행동을 하게 된다. 음식을 너무 많이 먹거나, 건강에 해로운 음식으로 배를 채우면서 자신의 몸을 혐오하기에 이르는 것이다.

이제 관심의 초점을 바꿀 차례이다. 처음에 적은 목표를 지금 한 번 더 들여다보자. 대다수 사람들은 이런 목표가 다소 비현실적이라고 생각한다. 어쩌면 스스로도 '내가 적긴 했지만 달성하긴 정말 힘들 거야.'라고 생각할지 모른다. 지금 당장 이런 생각을 바로잡아야 한다. 자신의 삶이 어떻게 되길 원하는지, 몸이 어떤 느낌이길 원하는지, 환경을 어떻게 경험하길 원하는지 결정해야 한다. 더 구체적이고, 더 명확하고, 더 추진력이 있고, 더 확신을 가질수록 더 빨리 더 건강하고 더 행복해질 수 있다. 우리는 진즉에 목표 달성을 방해하는 것이 무엇인지 살펴보았다. 지금까지 스스로를 무력하게 만들었던 개인적인 과거 스토리가 바로 그것이다.

변화는 능력의 문제가 아니라 동기부여와 확신과 참여의 문제이다. 사람들은 대부분 자신이 원하는 변화와 절실함을 잘 연결시키지 못한다. 우리는 실제로 체중을 감량했을 때, 또 그것에 완전히 전념했던 시기를 기억하고 있다. 결혼식 같은 큰 행사를 준비할 때 분명 살을 빼려고 애를 썼다. 절실했기에. 그러나 이제는 체중 감량을 자꾸만 뒤로 미루려고 한다. "다이어트는 언제나 내일부터지!"라고 태연하게 말한다. 이 말은 지금 당장이 해야 할 일이 아니라 언젠가는 할 일처럼 들린다. 지금은 왜 절박하지 않은가. 절박하게 느껴야 한다.

지금이 바로 그때이다.

지금이 바로 입고 싶은 옷을 입고, 사랑스럽고 자신감을 느끼게 몸을 만들고, 외적으로나 내적으로나 모두 건강해질 때이다.

아래의 질문에 10점 만점 기준으로 표시하라. 자신을 얼마나 확고하게 믿는지에 따라 못 미더우면 1점, 완벽하게 믿으면 10점까지 표시해 보라.

- 나는 그것을 할 수 있다. ______점
- 나는 아름답고 건강한 몸을 가질 운명이다. ______점
- 나는 내 몸을 사랑한다. ______점
- 나는 쉽게 체중을 감량한다. ______점

- 음식 남아 있는 그릇을 치워도 나는 만족한다. ______점
- 내 몸과 삶을 아름답게 할 새로운 스토리를 가지고 있다. ______점
- 나는 건강한 사람이고, 건강에 도움이 되는 선택을 한다. ______점
- 나는 훌륭한 요리사이고, 요리하는 것을 정말 좋아한다. ______점
- 나는 가공식품을 먹지 않는다. ______점
- 나는 건강에 좋은 고품질의 음식을 즐긴다. ______점

여기에는 나에게 용기를 심어주는 말을 적는다.

______

______

______

나중에 여기에 적은 것을 다시 찾아보면 자신의 감정이 어떻게 변화했는지 알게 될 것이다.

멘탈 관리 3. 살 빼지 않으면 어떻게 될지 생각하라

시간을 갖고 각 질문에 대해 상세하게 답을 써보자.

• 살을 빼지 않으면 앞으로 15년 후에 어떤 모습일까?

• 변화하지 않으면 어떤 일이 생길까?

• 지금 변하지 못하면 삶에서 무엇을 놓칠까?

이미 내가 치른 대가는 무엇일까?

• 정신적으로

• 감정적으로

• 육체적으로

~~~~~~

• 재정적으로

~~~~~~

• 건강 유지를 위해

~~~~~~

• 무엇이 변화를 막고 있는가?

~~~~~~

• 정신적 행복에 변화가 어떤 영향을 미치고 있는가?

~~~~~~

• 변화가 삶의 질에 어떤 영향을 미치고 있는가?

~~~~~~

• 변화가 인간관계에 어떤 영향을 미치고 있는가?

~~~~~~

답변을 보면서 몇 분 동안 구체적으로 미래의 자아를 시각화해 보라. 지금과 똑같은 상태를 유지하거나 혹은 자신의 신체 사이즈와 건강과 삶의 질이 저하된 것이 보일 것이다. 당뇨, 혈압, 콜레스테롤 등 생활병증 3종 세트 약을 시간 맞춰 먹는 미래를 생각이나 해봤는가? 시각화나 상상을 통해 이 감정을 실제로 느껴봐야 한다. 미래의 자아
~~~~~~

가 되어 거울에 비친 자신을 바라보고, 눈에 보이는 것을 보고, 느낄 수 있는 것을 느끼고, 자신의 생각은 물론 타인, 특히 가까운 사람들의 생각과 의견까지 들어 봐야 한다.

현실적이고, 구체적이고, 강렬한 변화를 결심하지 않아서 목표를 위한 실천을 미루는 일은 더 이상 없어야 한다. 잠시 눈을 감고 지금 당장 변한다는 의욕과 절실함을 실제로 떠올려 보자.

멘탈 관리 4. 긍정보다 나은 보조제는 없다

변화와 체중 감량은 한 세트이다. 체중 변화로 인한 삶의 변화를 진정 원하고, 그것을 달성할 수 있다는 믿음이 있으면 가능하다. 다음 질문에 진지하게 답하면서 긍정 마인드를 갖춰 보자. 지금 변화에 참여하고 행동에 전념한다는 생각으로 집중해야 한다.

- 지금 어떤 느낌인가?

- 목표를 달성해서 자신이 좋아하고 감사하는 몸을 가지면 어떨까?

- 가족과 친구들은 나를 어떻게 대할까?

- 얼마나 더 행복해질까?

- 얼마나 더 건강해질까?

- 얼마나 더 활기차게 될까?

- 옷차림이 얼마나 달라지고 더 즐거울까?

- 얼마나 더 자신감을 갖게 될까?

- 거울을 볼 때 마음속에 어떤 생각이 떠오를까?

- 이 모든 것들이 삶의 질에 어떤 영향을 미칠까?

답변을 쓰면서 구체적으로 미래 이미지를 상상해 본다. 천천히 자신의 삶과 음식과 몸을 즐기는 것이 얼마나 좋은지 생각해 본다. 오랫동안 느껴 왔던 온갖 부정적인 생각과 불안과 제약으로부터 벗어난 자유가 느껴질 것이다. 여기서 핵심은 자신의 상상력을 활용하여 충분히 설득력 있는 다양한 명분, 즉 미래가 아니라 지금 당장 자신의 행동과 태도를 변화시킬 수 있는 확실한 명분을 만들어 내는 것이다.

지금부터는 의지력, 통제력, 엄격한 다이어트 계획, 자신이 좋아하는 음식을 금하는 것 등에 초점을 맞추지 마라. 대신 목표를 달성할 수 있다고 믿고, 실행을 결심하며, 매우 효과적인 긍정적 마인드로 접근해라. 나머지는 식은 죽 먹기처럼 쉬울 것이다!

무엇을 먹든지
어떻게 먹든지
먹을 때는 즐겁게 먹고
자기 몸을 긍정적으로 바라볼 것.
하고 싶은 대로 다 하면서
체중도 감량하는 것.
우리가 제일 원하는 것.

7장

먹고 싶은 대로 먹고 체중 감량하기

아트풀 이팅 스타일

이제는 무엇을 어떻게 먹을지 생각해 보자. 체중 감량뿐 아니라 인생의 일부가 될 아주 중요하고도 건강한 식습관을 알아보자. 이 방법으로 좀 더 쉽게 '먹는 것'을 즐긴다면 평생 동안 살찔 걱정은 없을 것이다.

내 몸을 내가 원하는 대로 재조정하려면 체중계에 집착하지 않아야 한다. 그 대신 마음을 새롭게 다져 이 책에 언급한 것들을 실천해 나가야 할 것이다. 어떤 사람들에게는 이런 재조정 시간이 짧지만 또 어떤 사람들에게는 시간이 좀 오래 걸리기도 한다. 체중을 감량하기까지의 시간은 사람마다 차이가 날 수밖에 없다.

일반적으로 건강한 체중 감량은 일주일에 약 0.5~1킬로그램 정도를 감량하는 것이다. 빼야 할 살이 많은 사람은 초기에 많이 감량되기도 한다. 이렇든 저렇든 모든 감량은 점진적으로 생각해야 한다. 무엇보다 자신의 목표를 달성할 수 있다는 믿음을 가지는 게 중요하다. 우리는 로봇이 아니므로 균일하게 체중을 감량할 수 없다. 몇 킬로그램 살이 빠졌다가 금세 1킬로그램이 찌고, 다시 몇 킬로그램 빠진 다음 한동안 그 몸무게를 유지하다가 몇 킬로그램 더 빠지기도 한다.

나는 열세 살에 기숙학교에 입학했다. 솔직히 말하자면, 부모님에게 그 학교에 보내달라고 졸랐다. 기숙학교가 등장하는 책이라면 모조리 읽었던 나는 전통적인 여자 기숙학교를 이상적으로 표현한 에니드 블라이턴*에 심취해 있었다. 내게는 기숙학교가 동경의 대상이었다. 어떻게든 기숙학교를 꼭 경험해 보고 싶었고 그래서 간 학교는 정말 매혹적이었다. 많은 소녀들이 태즈메이니아, 인도, 홍콩, 케이맨제도처럼 아주 이국적으로 들리는 지역 출신이었다. 1994년의 아일랜드 소녀에게는 정말 이상적이었다. 내가 마치 사랑스런 블라이턴의 책의 한 페이지에 발을 들여놓은 느낌이었다. 그 학교는 내게는 천국과도 같은 곳이었다. 한밤중에 자주 파티가 열렸고, 우리는 온갖 장난을 다 쳤다.

지금 내가 기숙학교를 좋은 기억으로 떠올리는 까닭은 그곳에서 난생처음 '적당히' 먹는 법을 배웠기 때문이다. 사실 식사 예절은 어머니로부터 배울 만큼 배웠지만 식사 시간을 존중하고 즐길 수 있는 시간으로 만들어 준 것은 기숙학교였다.

우리는 등을 똑바로 펴고 식탁에 팔꿈치를 대지 않고 바르게 앉는 법을 배웠다. 각각의 식사는 몇 가지 요리로 구성되어 있었는데, 어

* Enid Blyton, 1897년~1968년, 1만여 작품의 동화를 700권이 넘는 책으로 남긴, 20세기 영국의 가장 성공한 아동문학가.

떤 요리도 지나치게 나오지 않았다. 그날의 메인 요리가 나오기 전에 항상 수프나 샐러드를 전채 요리로 먼저 먹었고, 메인 요리를 먹은 다음에는 디저트로 과일을 먹었다. 우리는 음식을 꼭꼭 씹어 천천히 먹고, 음식이 입 안에 있을 때에는 나이프와 포크를 내려놓도록 교육받았다. 음식을 가리지 않고 다 먹는 올바른 방법도 배웠다. 심지어 어쩌다 한 번 나오는 간식인 버거와 감자칩도 나이프와 포크로 먹어야 했다. 이 교육에는 오렌지 껍질을 벗기는 방법도 포함되어 있었는데, 나는 그것에 아주 매료되었다. 껍질에 얇게 칼집을 내고 한 번에 한 조각씩 껍질을 벗겨내면 그 밑에 육즙이 많은 과육이 드러났다. 마침내 이 방법을 완전히 터득하자 마치 숙녀가 된 듯했다.

좋은 대화의 기술도 배웠다. 특히 교장선생님과 식탁에 함께 있을 때 이 기술이 필요했다. 이 교육을 통해 내가 얻은 깨달음은 '식사 시간은 일을 멈추고, 휴식을 취하며, 자신의 영양 보충을 즐기는 시간'이라는 것이었다. 긴 하루를 잠시 멈추게 하는 식사 시간은 다양한 요리로 절대 과식하지 않으면서도 몸과 마음을 배부르게 하는 시간이었다. 매 식사 시간은 약 1시간쯤 되었기 때문에 서둘지 않고 다른 사람들과 함께 즐기기에 적당했다. 천천히 음미하면서 음식을 꼭꼭 씹어 '올바르게' 먹음으로써 우리가 무엇을 대접받고 있으며, 자기 몸에 영양분을 제공하는 것이 얼마나 중요한지에 대한 존중과 감사하는 마음을 가질 수 있었다. 어쩌면 기숙학교에서의 시간이 무엇을 먹을지, 어떻게 먹을지를 가른 첫 걸음이었을지도 모르겠다. 어떤 이에게 아트풀 이팅이 그런 첫 걸음이 될 수도 있다는 생각이 든다.

영국의 슈퍼모델 케이트 모스(Kate Moss)는 '아주 날씬한 느낌만큼 좋은 맛은 없다.'라는 말로 유명해졌다. 물론 많은 비난과 논란에 불을 지폈지만 고통을 과식과, 쾌락을 절제와 관련지은 방식은 심리학적 통찰이 돋보이는 부분이다. 어쩌면 그녀의 말을 좋게만 해석하는 건지 몰라도 이는 정말 도움이 되는 연결 방식이다.

지금부터 자기 몫의 음식을 다 먹지 않는 절제를 쾌락에, 속이 더 부룩해질 정도로 한껏 배를 채우는 과식을 고통에 연계하도록 뇌를 훈련시켜 보자. 우리가 과식하는 까닭은, 몸이 보내는 신호에 귀를 기울이지 않고 과하게 많은 음식을 먹기 때문이다.

아트풀 이팅에는 4단계의 식사법이 있다. 얼핏 간단해 보이지만 마음껏 먹으면서 자신이 꿈꾸는 몸에 도달하려면 정말 노력을 많이 해야 한다.

1단계: 양보다 질을 택한다

가장 질 좋은 음식, 이것을 기준으로 정한다. 이런 기준이 없으면 음식을 즐기기 어렵다. 유감스럽게도 우리는 강제로 대량 생산된 식품을 먹는 시대에 살고 있다. 고도로 가공된 식품을 기계적으로 먹는 것에 아주 익숙해져 있고, 그 바람에 식재료 본연의 맛을 잃어버렸다. 음식은 한 입 먹을 때마다 놀라운 맛을 느낄 수 있어야 한다. 좋은 재료의 중요성은 더 말할 필요도 없다. 재료가 좋을수록 맛도 더 좋아진다. 그리고 맛이 좋을수록 포만감을 위해 음식을 더 먹을 필요성도 줄어든다. 또한 이것은 좋은 것들로 자신의 몸에 연료를 공급한다는 의미이기도 하다. 기본 원칙은 '적을수록 더 좋다'는 것이다. 더 적게 구입하고 더 적게 먹지만 잘 먹어야 한다. 양보다 질을 선호하는 것, 그것이 바로 아트풀 이팅이다.

아주 오랫동안 우리는 자신이 좋아하는 음식을 금하는 다이어트 식이요법의 영향을 받아왔다. 처음엔 지방, 그 다음은 설탕이었다. 지금은 '클린 이팅'*이 유행이다. 체중 감량을 위해 과일과 채소를 주로 먹어야 하고, 무엇이든 즙을 내야 한다는 메시지도 넘쳐 난다. 갈피를 잡기 힘든 것도 당연하다. 시중에는 온갖 종류의 다이어트 식품과 사람들이 선호하는 음식의 다이어트 버전들로 가득하다. 심지어 얼핏 모순처럼 들리는 '저지방 크림'까지 개발됐다. 아트풀 이팅에서는 오직 '좋은' 음식만 먹으라고 하지 않고, 모든 음식을 다 삼가라고 말하지도 않는다. 어디까지나 아트풀 이팅은 심리학에 기반을 둔 총체적이고 실용적인 삶의 방식으로, 모든 음식의 균형을 중시한다.

나는 신혼여행 도중에 음식에서 질이 얼마나 중요한지 깨달았

* 가공식품을 먹지 않고 자연에 가장 가까운 상태의 음식 재료를 먹는 식문화.

다. 우리는 초호화 유람선인 퀸 엘리자베스호를 타고 2주 동안 아드리아해를 순항하고 있었다. 하지만 나도 모르는 사이에 그 여행은 미각에 대한 사이비 과학 실험이 되고 말았다.

유람선 여행의 백미는 매일 밤 실버 서비스*로 제공되는 우아하고 훌륭한 만찬이다. 에블린 워**의 대표작 〈브라이즈헤드 재방문〉의 열렬한 팬이었던 나는 그가 묘사한 대서양 횡단 유람선의 화려함과 로맨스를 무척 좋아했다. 팬심을 담아 매일 밤 멋진 옷으로 차려입고 저녁 만찬에 임했다.

그러나 금세 불편함과 마주했다. 잘 차려진 선상 음식이 잠시 들른 섬과 작은 만에서 먹었던 소박한 음식만도 못했기 때문이다. 유람선에서 내려와 섬에서 먹었던 음식이 훨씬 더 맛있었다. 신선하고, 덜 짜고, 풍미가 넘치고, 소박하고, 단순하고, 내용물이 꽉 차 있었다. 질 좋은 재료와 신선한 농산물(체중 감량의 궁극적인 열쇠)은 내가 줄기차게 주장한 것이기도 했고, 매일 먹는 유람선 음식과 너무도 대조적이었다. 지금도 크레타섬의 작은 레스토랑에서 즐겼던 군침 도는 그리스식 샐러드가 기억에 생생하다.

질 좋은 신선한 재료를 먹어야 한다. 맛의 차이를 느끼게 되고, 맛있는 것에 눈을 뜨면 더 적은 양의 음식을 섭취하는 단계로 가게 된

---

* 격식을 차린 만찬에서 은으로 된 식기로 음식을 제공하는 것.

** Evelyn Waugh 1903년-1966년 영국 극작가.

다. 맛있는 식재료가 가진 풍미를 음미하면서 의식적으로 음식을 씹고 즐기다 보면 몸과 마음이 조금만 먹어도 충분하다는 느낌을 갖게 되는 것이다.

채소와 과일을 먹을 때는 특히 이 원칙이 중요하다. 가능하다면 유기농을 권한다. 유기농을 구입한다고 해서 비용이 엄청나게 많이 드는 것도 아니다. 유제품, 소고기, 돼지고기, 닭고기와 생선 역시 질을 따져 봐야 할 식재료이다. 나는 동물 복지 재료만 구입하는 편이다. 여기서 동물 복지란 과착유하지 않고, 목초로 사육하고, 기본적으로 '개방 사육'했음을 의미한다. 또한 양식 생선은 이 기준에 맞지 않아 구입하지 않는 편이다.

이런 식재료는 맛의 차이가 확연하다. 사람들은 종종 내가 만든 케이크가 특히 맛있다고 칭찬한다. 그 비결은 다른 데 있지 않다. 방목한 젖소에서 적절히 착유한 우유와 버터, 동물 복지 계란을 사용하기 때문이다.

식품산업에서 동물들을 다루는 방식은 매우 비인도적이다. 그래서 매우 신중하게 내가 먹을 재료를 선택하고 구입한다. 이런 식재료가 더 비싼 것은 사실이지만 더 적게 먹고, 더 적게 낭비하고, 더 잘 먹는 것을 목표로 하면 달라질 수 있다.

음식을 즐기는 것이 음식과의 관계를 더 긍정적인 방향으로 발전시키는 비결이다. 사탕이나 초콜릿 같이 단 음식을 먹을 때에도 마찬가지이다. 고도로 가공하여 대량으로 생산하는 3달러짜리 초콜릿 멀티팩을 사느니 맛있는 유기농 공정거래 초콜릿 바 100그램에 3달러를 쓰는 편이 훨씬 낫다. 더 적게 먹으면서 더 고급한 맛을 음미하는 거다. 기막히게 맛있으면 한 입 먹을 때마다 포만감이 느껴지기에 소량만 섭취해도 충분하다는 사실을 꼭 명심해야 한다. 기억하라. 양보다 질이다.

2단계: 배고플 때만 먹는다

실제 배고플 때만 먹어야 한다. 단지 누군가 음식을 건넸다고 해서, 음식이 가까이 있다고 해서, 심심하거나 슬프거나 피곤하다고 해서 음식을 먹어서는 안 된다. 위에서 연료 보충이 필요하다는 메시지를 보낼 때에만 음식을 먹어야 한다는 것을 명심하라.

음식은 영양이 풍부하고 기분을 좋게 하는 연료이다. 필요할 때에만 먹어야지, 좋아하는 음식이 눈에 보이거나 특정한 시간이라는 이유로 먹어서는 안 된다. 그게 안 되는 사람은 위가 보내는 신호에 맞추는 법을 배워야 한다. 이것은 앞서서 48시간 킥 스타터에서 권했던 방법이기도 하다.

무언가 먹을 때마다 자신에게 물어봐라.

'지금 배가 고픈 건가? 내게 필요해서 이 음식을 먹으려는 걸까 아니면 단지 내가 좋아해서 먹으려는 걸까?'

음식을 먹기 전에 단순히 이런 질문을 하는 것만으로도 체중을 감량하고 살을 빼는 데 도움이 된다. 그리고 몹시 배고플 때까지 기다리지 마라.

다음은 배고픔의 정도를 단계별로 구분한 것이다.

1. 육체적으로 쓰러질 만큼 배고픈 상태
2. 몹시 배고픈 상태
3. 배고픈 상태
4. 약간 배고픈 상태
5. 배고프지도 배부르지도 않은 중간 상태
6. 기분 좋게 포만감을 느끼는 상태
7. 배부른 상태
8. 배가 많이 부른 상태
9. 토할 만큼 배가 부른 상태

3번과 6번 사이의 단계에 배고픈 상태와 포만감을 느끼는 상태 사이에 있는 게 좋다. 절대로 몹시 배고픈 상태나 배가 많이 부른 상태까지 가지 말아야 한다. 몸이 보내는 신호에 귀를 기울이면 누구나 가능하다. 습관이 형성되는 도중에는 1시간 단위로 자신의 배고픈 정도를 확인하면 좋다. 일단 약간 배고픈 느낌이 온다면 무언가 먹을 시간이다.

3단계: 먹는 쾌감을 즐긴다

먹는 즐거움을 깨닫는 것은 대단히 중요하다. 하나의 식탁을 차리기까지는 여러 즐거운 요소가 곳곳에 숨어 있다. 맛을 창조하는 사람들이 공급한 재료, 그 재료를 가지고 사랑과 인내를 담아 함께 모여 요리하는 사람들, 식사를 풍성하게 만드는 한 잔의 음료, 몇 송이 꽃으로 꾸민 아름다운 식탁. 그 자리에서 식사하는 그 순간, 존재하는 이 모든 것들이 즐거움의 요소라는 걸 깨달을 때 먹는 행위는 그 무엇보다 소중해진다.

좋아하는 레스토랑에서 합리적인 가격의 맛있는 음식 앞에 앉아 있다고 상상해 보자. 그 광경과 냄새는 쾌감을 불러일으키며, 뇌에 그 음식을 즐기라고 속삭인다. 몸과 마음은 음식을 먹으려고 준비를 한다. 그때 뇌는 침샘을 최고조로 자극하고, 위액을 더 많이 분비하도록 명령하며, 그 결과 몸은 더 많은 영양분을 흡수하도록 반응한다. 이는 미리 준비한 다이어트식을 대할 때와는 극명한 차이를 보이는 것이다. 다이어트식을 보면 뇌는 입과 위에 그다지 먹고 싶지 않다는 메시지를 내보낸다. 그 결과 소화와 대사 작용이 원활하게 이루어지지 않는다. 영양가는 식품에 함유된 영양분과 그 음식에 대한 우리의 수용력이 시너지 효과를 일으키며 결합하는 것이다. 만약 이 방정식에서 즐거움 혹은 즐기는 자세를 없앤다면 영양가도 감소할 수밖에 없다.

이를 뒷받침하는 연구도 있다. 실험쥐를 두 집단으로 나눈 다음 한 집단은 중추 신경을 손상시키고 한 집단은 그대로 두었다. 중추 신경이 멀쩡한 집단과 맛 능력을 상실한 집단 모두 똑같은 먹이를 먹였다. 그랬더니 놀랍게도, 얼마 지나지 않아 맛보는 능력을 상실한 쥐들은 죽어갔지만 맛을 느끼는 정상적인 쥐들은 잘 성장했다는 것이다. [1]

죽은 쥐 부검 결과 대조군과 동일한 건강에 좋은 먹이를 먹었음에도 불구하고 영양실조로 죽었다는 사실이 밝혀졌다. 죽은 쥐의 장기들은 마치 굶어 죽은 것처럼 훼손되어 있었다. 이는 쥐들이 음식의 맛을 느낄 수 없었기 때문에 생명 유지에 필요한 영양분을 흡수하지 못했음을 입증하는 것이었다.

여기서 한 가지 더 알아야 할 것은, 지방이나 단백질을 섭취하면 몸에서 화학물질인 콜레키스토키닌(CCK)이 생성된다는 것이다. CCK는 소장, 췌장, 담낭과 위를 자극하여 소화를 돕는 역할을 한다. 일단 CCK가 분비되면 그것은 시상하부에 충분히 먹었다는 메시지를 전달하여 식욕을 차단한다. 그리고 마지막으로 대뇌 피질의 쾌락을 느끼는 감각을 자극하여 쾌감을 준다. 우리가 지방이나 단백질을 섭취하면 곧바로 이 모든 과정이 진행된다. 이 미량의 화학물질이 마법과도 같은 기능을 발휘하여 우리가 먹는 음식을 신진대사하게 하고, 식사를 끝낼 때를 알려 주고, 식사하는 동안 음식을 즐길 수 있게 해주는 것이다. [2]

그래서 저탄고지 다이어트식을 하라는 소리가 아니다. 쾌감과 신진대사와 식욕이 시너지 효과를 일으켜야 포만감을 느낀다는 사실을 알라는 것이다. 그러나 유감스럽게도 우리는 쾌감이 영양분을 섭취하는 과정과 완전히 별개라고 생각한다. 설상가상으로 식도락을 즐기는 게 몸에는 좋지 않다는 생각마저 한다. 먹는 것을 멈추지 못하고 계속 먹게 될까 봐 걱정하기 때문이다. 실제 식탐에 대한 두려움으로 좋아하는 메뉴를 기피하는 경우는 흔하다. 그러나 CCK의 효과는 진실은 이와 정반대라고 말하고 있다.

또 하나의 흥미로운 사실은 뇌에서 식욕을 증가시키는 화학물질을 내보낸다는 것이다. 바로 음식 탐색에 도움을 주는 뉴로펩타이드 Y라는 신경전달물질이다. 이 화학물질은 낮에 연료가 필요하기 때문에 아침에 자연적으로 증가한다. 또한 음식이 부족할 때, 특히 다이어트 중일 때에도 증가하여 탄수화물 섭취를 권하는 메시지를 보낸다. 주로 저칼로리 음식을 먹거나 저자극 음식으로 식단을 제한하면 몸은 포만감을 느끼기 위해 화학적으로 쾌감을 주는 음식을 더욱 많이 요구한다. 뉴로펩타이드 Y의 존재가 곧 쾌감을 경험하고 음식을 즐기기 위한 생물학적 요구이다. 그리고 여기서 벗어날 수 없다는 걸 인지할 필요가 있다.[3] 이제 어떻게 해야 할지 알았을 것이다. 너무 억제하면 무너진다.

즐겁게 먹어야 한다는 주장에 더욱 설득력을 더하는 물질로는 엔도르핀이 있다. 보통 쾌감과 관련이 있는 엔도르핀은 몸 전체에서 자연적으로 만들어지는데, 주로 뇌와 소화기관에서 많이 생성된다. 엔도르핀이 행복감을 느끼게 하는 건 잘 알려져 있다. 단지 음식을 먹는 것만으로도 엔도르핀은 상승하는데, 이것은 먹는 행위가 본질적으로 즐거운 일이라는 걸 뒷받침해 준다. 엔도르핀은 또 지방의 이동성을 자극한다. 즉, 행복하게 해주는 화학물질이 지방을 태우는 역할도 하고 있는 셈이다! 소화관에서 엔도르핀이 많이 분비될수록 혈액과 산소도 그곳에 더 많이 전달된다. 그리고 이는 소화와 흡수는 물론 칼로리를 태우는 효율성도 높아짐을 의미한다. [4]

이로써 생물학적으로나 심리학적으로나 가장 질 좋은 음식을 먹고 즐기는 것이 매우 중요하다는 것을 알았을 것이다. 우리 몸은 좋은 음식을 먹으면서 즐거움을 찾도록 만들어져 있으며, 또한 이 즐거움이 신진대사의 연료 역할을 한다. 이것은 정말 감사하고 존중해야 할 인체의 신비한 시스템이다.

음식을 즐기려는 자연스런 충동을 억제하려고 애쓸 필요가 없다. 몸이 보내는 신호에 귀를 기울이고, 좋아하는 음식을 먹고, 즐거운 감정을 느끼며 생활하면 된다. 이러한 과정들이 신진대사와 포만감을 촉발한다. 우리는 이미 몸 안에 균형이 아주 잘 잡힌 시스템을 가지고 있다. 이젠 그 시스템이 잘 돌아가게 하기만 하면 된다.

4단계: 내게 적당한 1인분을 알고 먹는다

어느 정도의 양이 나에게 맞는 1인분인지 알고 있는가? 접시에 담긴 음식을 먹을 때, 특히 포장 음식을 먹거나 외식할 때 그 음식을 다 먹을 필요가 없다. 우리는 상업적으로 정해진 1인분 기준에 따라 자신에게 필요한 양보다 더 많은 음식을 섭취하는 경향이 있다. 가령 시중에 파는 바게트는 혼자 먹기에는 너무 큰 사이즈이다. 그건 그 정도 크기로 만들어서 가격을 더 높게 책정하려는 베이커리의 상술이다. 유감스럽게도 우리는 지금 점점 더 큰 사이즈의 음식을 먹도록 유도하는 사회에 살고 있다. 이런 상황은 가정 내에서도 벌어지고 있다. 다음 표는 1980년대와 오늘날의 1인분의 양을 비교한 것이다. 이 표를 보면 1인분의 양이 놀라울 정도로 증가했다는 사실을 알 수 있다.

1인분	1980년대 칼로리	현재 칼로리
샌드위치	320	820
감자튀김	210	610
베이글	140	350
피자 한 조각	500	850
탄산음료	85	250

(National Heart, Lung and Blood Institute; US Department of Health and Human Services)

얼마가 1인분인지 알아두자. 자기 손으로 계량한 적당한 1인분의 양은 다음과 같다.

- 파스타, 쌀 또는 감자 1인분은 꽉 쥔 주먹의 앞부분 사이즈, 즉 1/2컵과 비슷한 양.
- 육류와 생선의 1인분은 대략 손바닥 크기.
- 손가락 끝 한 마디는 약 1티스푼의 버터 양.
- 엄지손가락은 약 1테이블스푼. 소스, 잼 또는 양념에 적당한 양.
- 꽉 쥔 주먹은 약 1컵 분량. 또는 아이스크림 2인분.

평소 사용하는 그릇 사이즈를 줄이는 것도 방법이다. 평균적으로 접시 크기는 지름이 약 25센티미터인데 이를 20센티미터로 바꾸면 먹는 양을 약 20퍼센트 줄일 수 있다. 아주 간단한 방법이지만 음식물 섭취를 줄이는 가장 쉬운 방법이기도 하다. 냄비를 통째로 식탁에 올려서 덜어 먹는 것도 하지 마라. 적당량 그릇에 담은 후 냄비를 치워 버리면 그 음식을 다시 찾을 확률이 낮아진다. 연구 결과에 따르면, 평균 18퍼센트쯤 감소한다고 한다.[5] 물론 배고프면 언제든지 음식을 더 먹을 수 있다. 중요한 것은 자신의 1인분 양을 알고 먹는 것이다.

지금부터라도 포만감이 느껴지면 그만 먹어야 한다. 체중을 재조정하는 기간에는 사과 반쪽, 파이 반 조각, 샌드위치 반 조각 등 자신이 먹는 모든 음식의 양을 반으로 줄여서 시작한다. 이렇게 하면 식습관을 변화시키며, 접시 크기가 결정한 양이 아니라 자신에게 정말 필요한 양을 먹도록 뇌를 훈련시킬 수 있다. 당장 모든 음식의 양을 절반으로 줄이고, 배고픔이 느껴질 때에만 음식을 먹는 습관을 들이자. 물론 절반을 먹기도 전에 포만감이 느껴진다면 먹는 것을 멈추어야 한다.

나는 먹고 싶은 것을 먹어야 한다는 입장이지만 여기에는 반드시 자기 몸이 보내는 신호를 안다는 조건이 붙는다. 충분히 먹었다면 그만 먹는 거다! 우리는 배가 부르면 음식을 그만 먹는 기술을 이미 오래 전에 잃어버리고 그 대신 접시에 담긴 음식을 남김없이 다 먹어치우면서 살고 있다. 따라서 운동으로 근육을 키우듯이 일단 배가 부르면 음식을 그만 먹는 습관을 길러야 한다.

건강한 식습관 형성

새로운 식습관을 익히려면 처음에는 의식적으로 꾸준히 연습해야 한다. 하지만 일단 습관 형성 주기를 거치면 새로운 식습관도 본래 그랬던 것처럼 자연스러워진다. 이 글을 쓰고 있는 오늘 마리안과의 상담이 있었다. 그녀는 5개월 전부터 아트풀 이팅을 진행하고 있다. 쌀쌀하면서도 상쾌한 1월이라 '새해, 새로운 당신'이라는 다이어트 메시지가 곳곳에서 등장하는 때이다. 그녀는 몹시 흥분한 어조로 크리스마스 기간 동안 단 500그램도 늘지 않았다고 말했다. 평소와 같았다면 그녀는 연말 휴가를 보내면서 3~4킬로그램쯤 불었을 테지만, 그 어떤 의식적인 노력이나 제약이나 거부감도 없이 크리스마스 파티 시즌 내내 음식을 먹고 즐겼음에도 살이 찌지 않았다.

마리안이 이렇게 할 수 있었던 것은 그녀가 아트풀 이팅의 철학을 자신의 인생에 동화시켰기 때문이다. 나의 또 다른 고객인 초등학교 교장 선생님은 아트풀 이팅을 교육이라고 표현한다. 나는 그 표현이 무척 마음에 든다. 일단 배우면 멈출 수 없는 것이 아트풀 이팅의 특징이다.

그래서 지금부터는 아트풀 이팅에서 중요한 '습관 형성 단계'에 대해 알아보려고 한다. 습관 형성 단계는 몇 번이고 되풀이해서 읽어야 할지도 모른다. 하지만 지침들을 차근차근 따르다 보면 힘들이지 않고 수월하게 새로운 식습관을 익힐 수 있다. 즉, 마리안처럼 자신이 먹고 싶은 음식을 즐기면서도 몸무게가 늘어나지 않게 할 수 있는 것이다.

그동안 수많은 상담을 한 결과 습관 형성은 다음 세 단계를 거친다는 걸 알게 되었다.

1단계는 긍정적 채택 단계로, 새로운 습관이 쉬워 보일 정도로 열정이 넘치는 단계이다. 1월이면 새해 결심을 하며 의욕에 가득 찬 사람들로 북적이는 헬스장에서 이를 쉽게 확인할 수 있다. 처음 다이어트를 시도하는 사람들도 1단계 습관을 가진다. 적극적으로 다이어트에 필요한 온갖 재료와 기구를 구입하고 엄격한 식이요법을 지키려 한다. 따라서 '긍정적 채택 단계'는 이 책처럼 뭔가 동기를 부여하는 것이 존재할 때 일어난다. 그리고 변화를 만들겠다는 각오 때문에 새로운 습관을 유지하는 것이 쉽다고 느껴지는 단계이다.

2단계는 얼마나 많은 노력과 헌신이 필요한지 그 현실을 깨닫기 시작하면서 초창기의 열정이 식어가는 단계라고 할 수 있다. 이 시기에는 새로운 습관 및 그 결과에서 나오는 기쁨과 과거의 행동방식에서 나오는 고통을 동시에 느낀다. 그 사이에서 인내가 필요한, '인내의 단계'에 진입한다. 이 시기에는 실제로 배가 불러도 계속 먹는 등 과거의 습관이 스멀스멀 되살아날 수 있다. 인내의 단계는 습관 형성에서 가장 힘든 단계이다. 건강에 좋은 습관을 가지고 과거를 떨쳐내기 위해 인내하는 중임을 자각하고 노력해야 한다. 습관을 바꾸는 것은 쉽지 않다.

습관 형성의 과정에서 좌절할 때마다 그것을 인식하고 인정하면서 인내가 가져다줄 달콤한 열매(자유롭게 음식을 먹는 것, 실제로 음식을 즐기는 것, 목표를 달성하는 것 등)를 떠올리자. 이것이 습관 형성의 원동력이 된다. 반대로 저항에 부딪쳤을 때 인내하지 못하면 그다음 저항에 쉽게 굴복하게 됨을 명심하자.

여기서 굴복한다면 혹은 이겨낸다면 나중에 어떤 기분이 들까? 아무런 변화가 없는 상태에서 지금부터 5년 후 삶을 구체적으로 상상해 보라. 그때 어떤 모습으로 보이고, 어떤 느낌이 들겠는가. 건강상태와 인간관계가 어떻게 될 것 같은가. 5년 후 나의 모습을 잊지 말아라.

일단 앞의 두 단계를 극복하면 내가 '무의식적 통합'이라고 부르는 3단계에 도달하게 된다. 이 단계에서는 의식적인 노력 없이 아트풀이팅의 철학을 수월하게 실행에 옮길 수 있다. 앞서 마리안이 크리스마스 기간 동안 먹는 행위를 부담 없이 즐긴 것처럼 자연스럽게 이루어질 수 있는 일이다. 즉, 아무 생각 없이 올바른 식습관을 갖추는 단계이다.

하지만 이 단계에 이르면 조심해야 할 것이 두 가지 있다. 하나는 부정적인 생각이다. 빠른 시간에 결과를 얻지 못하고 있다고 느낄 때 특히 이런 생각에 빠져들기 쉽다. '이 방법은 내게 효과가 없어.' 또는 '난 할 수 없어, 항상 실패하니까.'라는 생각이 들 때이다. 만약 이런 생각에 빠져들고 있다면 "난 할 수 있고, 성공할 거야. 왜냐하면 난 준비가 되어 있고, 그것을 원하니까."라고 스스로에게 긍정적인 말을 걸어라. 이 말에 연결된 감정을 느껴야 한다.

감정의 효력은 생각보다 매우 강하다. 이를 긍정적으로 활용해야 한다. 명심하라, 자신의 생각이 자신의 행동을 결정한다는 것을. 거듭 강조하지만, 알고 있는 것만으로는 안 된다. 부단히 연습하고 행동으로 옮겨야 한다!

무의식적 통합 단계에서도 우리는 여전히 질병, 스트레스 받는 사건, 휴일이나 일상에 방해받는 것 등등 불안을 주는 상황에 취약한 상태에 놓여 있다. 여기서도 자각이 중요하다. 만약 이런 상황을 참아야 하는 인내의 단계로 되돌아갔음을 알게 되었다면 그것을 인정하고 본궤도로 올라가도록 노력해야 한다. 인내할 때마다 스스로 다짐한 약속과 확신이 더 강화된다는 사실을 명심하라. 마치 근육처럼 건강에 좋은 새로운 습관이 점점 더 강해지고, 이런 식습관이 음식을 먹는 유일한 방식으로 점점 더 확고하게 자리잡는 중임을 잊지 말라.

이 단계들은 매우 자유롭고 긍정적인 생각을 따라야 한다. 무의식적 통합 단계에 도달하기 위해 과도하게 자신을 다그쳐서는 안 된다. 이 단계에 도달하기까지 실제로 얼마나 걸릴지 개인마다 차이가 나겠지만 스스로 믿음을 가져야 한다. 목표 달성을 위해 노력하는 동안 자연스럽게 자신이 원하는 음식을 먹으며 자유롭게 즐기는 법을 터득하게 될 것이다.

이 방법은 도전할 만한 가치가 있는 방법이다. 자기 자신과의 끊임없는 대화, 그리고 관찰이 있어야 하므로 체중이 감량되지 않는다 하더라도 긍정적인 사고방식으로 살아갈 수 있기 때문이다. 습관은 매일매일 형성되고 강화된다. 그러므로 하루에 한 걸음씩 꾸준히 실천하자. 또한 인내와 고통의 단계로 돌아갈 때마다 이 단계만 극복하면 올바른 식습관으로 저절로 감량된다는 확고한 믿음을 가져야 한다.

내 몸의 장점을 드러내라

내가 권하고 싶은, 건강에 좋은 습관이 하나 더 남아 있는데, 이건 앞서 나온 것들보다 좀 더 어려울 수 있다. 체중을 줄이려 애쓰지 말고, 지금 자신의 몸에서 좋은 점을 느껴 보는 것이다.

나는 이 느낌을 정말 중요하게 여기고 또 이 느낌을 좋아한다. 내 몸에 불만을 가졌던 런던 시절을 돌이켜 보면, 하다못해 피부까지 마음에 들지 않았다. 매일 아침 옷을 고르는 것이 싫었고, 외출하기 위해 옷을 차려 입는 것도 두려웠다. 거울을 들여다보면 눈에 보이는 거라고는 내 결점뿐이었다. 체중계에 집착했고, 오르락내리락하는 고작 몇 백 그램의 체중이 하루의 기분을 결정했다. 지금 생각해 보면 정말 어처구니가 없는 날들이었다. 체중은 몇 백 그램 오르락내리락하는 것이 당연하다. 어쨌든 그때는 온통 체중 감량에 정신이 팔려 있었기 때문에 내 몸을 감사히 여기거나 제대로 평가할 수 없었다.

이 모든 것이 몰고 온 것은 비참함이었다. 계속해서 무엇이 잘못되었는지에 신경을 곤두세우는 바람에 부정적으로 행동하고 뒤이어 부정적인 생각도 커져만 갔다. 체중 감량이 힘들다고 생각하고, 현실로 받아들이고 있었다. 다이어트식과 폭식을 오가는 식습관도 이런 부정적 생각을 받치고 있었다. 내 몸을 불편하게 여기면서 내 몸에 대한 사랑과 존중마저 잃어버린 시절이었다. 하지만 이제는 긍정적으로 행동하고, 잘 먹고, 많이 움직이면 된다는 걸 깨달았다.

자신의 몸과 사랑에 빠지라는 말을 꼭 해주고 싶다. 본인의 몸을 사랑했던 시절이 기억나는지? 흔히 말하는 리즈 시절이 만약 기억난다면 그 체형과 느낌을 머릿속에 이미지로 간직하라. 매일 잠깐이라도.

자기 몸을 친절하게 대해야 한다. 몸을 존중하고, 사랑스러운 부분이 있다면 무엇이든 그걸 간직해야 한다. 체중 감량에 있어 가장 큰 장벽은 심리적 장벽이다. 날씬하다고 생각하면 날씬해진다. 자기 마음속에서 자기 몸을 바라보는 시각부터 바꾸어야 한다. '날씬하다'고 생각하는 것은 강한 심리적 권한을 가져다준다. 새로운 삶의 궤도에 들어서도록 건강한 선택을 도와주는 것이 바로 이러한 긍정적 생각이다.

눈이 위(胃)보다 더 강하다. 자기 자신을 친절하게 대하고 지금까지 몸에 배인 건강에 나쁜 쓸모없는 습관들을 버리도록 연습하라. 내가 여기서 가르쳐준 것이라고는 직감에 따라 음식을 먹는 것뿐이다. 식습관 변화를 갖고 오는 것은 바로 자기 자신이다.

아침에 하루가 달려 있다.
하루에 일 년이 달려 있다.
일 년에 평생이 달려 있다.
물
수면
운동
이 세 가지가 제대로면
평생 제대로 살 수 있다.

8장

몸을 바꾸는 세 가지
물, 수면, 운동

진정으로 하고 싶어서 하라

이미 다 알고 있겠지만 이 책에서 내가 처음부터 끝까지 주장하는 것은 심리적 육체적 행복의 조화이다.

매일매일 자신을 사랑하고 존중하며 성공을 위해 준비하는 데 도움이 되는 일과를 만드는 것, 아마도 지금까지 살아오면서 내가 배운 가장 중요한 교훈은 자기 자신을 사랑하라는 이 한마디가 아닐까 싶다. 소중한 자녀, 가족, 친구, 애완동물을 사랑하고 대하듯이 자기 자신을 사랑하고 대해야 한다. 이 사랑은 나르시시즘이 아니라 좋은 느낌으로 살아가는 기준인 것이다. 좋아 보이는 것이 인생에 행복을 가져다준다.

처음에는 다소 노력이 필요할 수도 있다. 하지만 단점이 아닌 장점에 초점을 맞춰 보자. 내가 잘못한 것을 찾는 대신 잘한 것에 집중하는 거다. 자기 자신을 사랑하고 존중하면 자신에게 플러스가 되는 일을 할 가능성 훨씬 커진다. 이를테면 음식을 잘 먹게 되거나, 육체적 건강에 신경을 쓰게 되거나, 목표를 달성할 수 있다는 자기 자신에 대한 믿음이 생긴다.

최근 활발하게 연구되고 있는 긍정 심리학은 자기애의 관점을 이런 부분에 맞추고 있다. 이러한 자기애는 행복을 느끼고 좀 더 쉽게 목표를 달성하게 이끈다.

불행하다고 말하는 사람들에게 왜 불행하냐고 물으면 그들은 흔히 외부 세계에서 일어나는 어떤 상황에 대해 말한다. 정신질환이나 비만 또는 신경학적 불균형을 가진 가족력, 즉 유전자 탓을 한다. 그만큼 우리가 유전자와 환경으로부터 많은 영향을 받는다는 의미이다.

그러나 행복을 연구하는 긍정 심리학자들은 외부 환경을 감안해도 장기적인 행복은 사실상 예측하기 매우 어렵다고 주장한다. 인생을 멀리 보면 행복하게 만드는 요인이 외부에 있지 않고 내부에 있음을 연구로 밝혀냈다. 가령 연간 소득, 주거 장소, 교육 수준, 결혼 유무, 자녀의 수 등 모든 외부 요소를 고려하면 단기적 행복은 상당히 정확하게 예측할 수 있다. 그러나 장기간에 걸친 행복과 기쁨을 느끼는 순간을 관찰한 결과 단 10퍼센트만 예측이 가능했다. 장기적으로 보자면, 인간의 행복은 외부 환경이 아니라 뇌가 자신이 속한 세계를 어떻게 처리하느냐와 관련이 있다는 것이다. [1]

그건 외부가 아니라 세상을 바라보는 자신의 입장과 관련이 있다. 따라서 세상을 바라보는 시각과 그 경험을 긍정적으로 변화시키면 행복과 자기애의 수준을 극대화 시키는 것이 가능하다.

하지만 대다수 사람들은 사실상 거꾸로, 성공을 위해 행복을 제어하는 태도를 취한다. 얼마나 자주 자신에게 다음과 같은 말을 했는지 생각해 봐라. '체중을 감량하면 나도 나를 좋아할 텐데.' '저 옷이 내 몸에 맞으면 바로 나 자신이 좋아질 거야.' '제대로 된 상대를 만나면 바로 더 행복한 느낌이 들 거야.' 등등.

여기서의 문제는 목표를 달성할 때마다 뇌가 원하는 목표 지점을 바꾼다는 것이다. 그래서 원하는 체중을 달성했음에도 갑자기 체중을 더 줄여야겠다는 생각을 하게 된다. 혹은 목표 달성을 조정할 수 없기 때문에 무의식적으로 체중을 원래로 돌려버리기도 한다. 이러한 결과가 나타나는 이유는 일단 목표를 달성하면 행복을 느껴야 한다고 생각하지만 실제로는 만족하지 못하기 때문이다.

이제는 머릿속의 공식을 바꾸어야 한다. 심리학자들의 연구에 의하면 뇌가 긍정적인 느낌을 가지고 있을 때 목표나 원하는 결과를 달성해 내는 능력이 극적으로 향상된다고 한다.

많은 사람들은 행복이 유전자와 환경적인 요인으로 결정될 수 있다고 생각한다. 하지만 연구 결과는 이것이 전혀 사실이 아님을 보여주고 있다. 긍정 심리학자들은 연구 참가자들에게 일주일 동안 매일 저녁 자신이 감사하게 생각하는 것 세 가지를 적게 하는 실험을 진행했다. 실험이 끝날 즈음 참가자들은 21가지나 되는 감사 목록을 적었다. 사실 요점은 이게 아니다. 행복은 뇌 안에 있는 하나의 패턴이며, 행복한 상태를 실제로 학습할 수 있다는 걸 보여주려는 실험이었다. 자신의 삶과 동떨어진 변화를 도입하는 것이 아니라 긍정적인 생각만으로도 그렇게 된다는 걸 증명하는 실험이었다. [2]

실험 참가자들은 자신에게 부족한 것이나 자신의 삶에서 잘못된 것에 초점을 맞추는 대신 의미와 기쁨을 주는 것에 초점을 맞추어 나갔다. 그들의 생각은 '행복의 이점'을 얻는 방향으로 옮겨갔는데, 그것은 놀라우리만치 긍정적인 효과를 낳았다. 건강과 행복이 증진되었고, 관계가 개선되었으며, 목표 달성을 위한 능력이 향상되었다. 이 실험은 말 그대로 우리의 뇌를 훈련시켜 좀 더 긍정적으로 변화할 수 있음을 보여준다.

언젠가 아홉 살짜리 꼬마를 상담한 적이 있었다. 불안 때문에 손톱을 물어뜯는 버릇이 있는 아이였다. 버릇을 고치려고 고약한 맛이 나는 매니큐어를 바르거나, 장갑을 끼거나, 손톱을 물어뜯을 때 가족들에게 자신을 야단치라고 하는 등 온갖 노력을 다했다. 하지만 전부 소용이 없었다. 함께 상담을 진행하는 동안 이 놀라운 소년은 단순하면서도 심오한 깨달음을 얻어갔다. 매우 창의적이고 생각이 깊은 아이였기 때문에 나는 그에게 가족의 문장*을 만들어 보라고 했다. 아이는 아름다운 문장을 그렸고 나는 가족의 가훈도 넣으면 좋겠다고

---

* 가문의 상징

말했다. 나는 아이가 가져온 가훈을 보고 깜짝 놀랐다. 사랑스러운 그림을 장식한 가훈은 '해야 하는 일이 아니라 하고 싶은 일을 만들라.'였다.

손톱을 물어뜯는 버릇을 쉽게 없애 준 건 내가 아니라 아이 스스로의 감정 변화였다. 억지로 해야 할 일에서 진정 원하는 것으로 감정의 변화가 일어나자마자 손쉽게 나쁜 버릇을 고칠 수 있었다.

진정 원하는 일을 하는 이런 감정은 정말 소중하다. 나도 나를 위해 이 감정을 유지하고 있으며 상담이 필요한 모든 고객과 독자들과도 이 감정을 공유하고 있다. 여러분도 새로운 일상적인 습관을 익히기 전에 긍정적인 결과를 떠올리면서 자신의 삶에서 해야 할 일이 아니라 하고 싶은 일을 했으면 한다.

하루는 아침에 달려 있다

하루를 어떻게 시작하느냐가 무척 중요하다. 아침에 건강한 식사를 해서 에너지와 자기조절능력을 최대한 오래 유지하는 게 바람직하다. 이렇게 올바른 방식으로 하루를 시작하면 긍정적인 태도로 살아갈 수 있다. 가족과 함께하라. 분명 많은 도움이 될 것이다.

감사한 일 생각하며 일어나기

매일 아침 잠자리에서 일어나기 전에 손가락으로 감사하다고 여겨지는 10가지를 꼽아본다. 여기서 핵심은 진심으로 고마운 감정을 느끼는 것이다. 그 중에서 적어도 5가지는 육체적, 정신적으로 자신에게 감사하는 것이어야 한다. 간단한 이 연습만으로도 자기 자신에 대한 부정적인 느낌이 좀 더 존중하는 느낌으로 변할 수 있다. 여기서의 목표는 긍정적인 느낌을 갖고, 좋은 점에 삶의 초점을 맞추도록 자신의 뇌를 훈련시키는 것이다.

매일 명상하기

거의 모든 위대한 영적 지도자들이 명상의 힘을 강조한다. 하루에 고작 몇 분 동안 호흡하며 앉아 있는 것에 회의적인 사람들도 있지만 명상은 분명 수많은 이점이 있다.

우울증과 불안감을 줄여준다

만약 스스로 불안감을 느끼고 있다면 스트레스를 없애고 마음을 느긋하게 해주는 활동으로 긍정적인 면을 끌어내는 것이 합리적 방법이다. 명상의 이점에 대해 메타 분석한 수십 가지의 연구 결과를 토대로 하면, 매일 명상을 하면 평균 8주 이내에 우울증과 불안감이 개선되는 것으로 나타났다.[3]

집중력을 향상시키고 더 똑똑하게 만든다

또 다른 연구에서는 20분 동안 진행한 네 차례 명상만으로도 기억력과 시공간 처리와 언어 유창성에 긍정적 효과가 있는 것으로 나타났다.[4]

더 건강하게 만든다

명상은 면역체계를 개선하고, 질병에 대한 저항력을 키워주며, 스트레스 유발성 면역 문제를 감소시킨다.[5]

더 생산적으로 만들어 준다

업무에서 진전은 하나도 없이 바쁘기만 하고, 갈피를 못 잡고 집중하기 힘들 때도 명상은 도움이 된다. 규칙적으로 명상을 하는 사람들은 업무에 대한 집중력이 높을 뿐 아니라 마쳐야 할 업무에 대한 기억력도 더 발전적인 것으로 나타났다.[6]

무엇이 중요한지 깨닫게 해 준다

명상을 통해 지혜로워질 수 있다. 연구자들은 명상하는 사람들이 다른 사람들에 비해 '현저히 더 큰' 안와전두피질(회색질의 본거지)과 측두엽 해마를 가지고 있다는 사실을 발견했다. 두뇌에서 이 영역은 감정 조절 및 반응 제어와 관련이 있다. 그리고 이것은 이 부위가 발달할수록 삶의 굴곡에 더 잘 대처할 수 있음을 의미한다.[7]

자기 자신을 사랑하는 데 도움이 된다

또 다른 연구에서는 단 3주 동안의 명상으로 자신에 대한 연민이 생겼으며, 그 결과 신체 불만족이 현저히 줄어드는 것으로 나타났다. 자기 몸에 대한 수치심 감소는 연구 참가자들의 자기 존중감과 신체 인식에 큰 영향을 미쳤다. 그리고 이러한 변화는 명상 프로그램이 끝난 후에도 오랫동안 지속되었다.[8]

이렇게 열거한 것들은 사실 명상이 주는 혜택들 중 일부에 지나지 않는다. 이런 혜택이 동기부여가 되어 명상이 일상적인 일과가 되는 게 가장 바람직하다. 명상에 관한 앱을 다운로드할 수도 있고, 평온한 음악을 들으며 자신의 호흡에 집중할 수도 있고, 만트라*를 골라 반복할 수도 있다. 그 무엇이든 심리학적 효과는 분명하다.

아침에 하루를 계획하기

계속해서 말하는데 시각화는 대단히 중요한 방법이다. 우리가 하루의 계획을 짜는 것도 일종의 시각화와 같다. 오늘 하루를 어떻게 보낼지 미리 머릿속에 그려봄으로써 짜임새 있고 견고한 날을 만들어 내는 거다. 명상을 마친 후에 하루를 계획해 보자.

가능한 한 상세히 하루 계획을 시각화해 보자. 예를 들면 제 시간에 도착하는 버스에 미소 지으며 '완전 좋아!'라고 말하며 버스에 오르는 식으로 이미지를 그리는 거다. 이렇게 생각하기 시작하면 행복한 느낌이 드는 하루를 만드는 데 도움이 된다. 아침부터 좋은 기분으로 하루가 잘 될 거 같은 기분을 만들면, 체중 감량을 위한 소소한 행동들에도 영향을 미쳐 성공적으로 이끌어 갈 수 있다. 앞부분에서 말한 기분이 이끄는 대로 먹는 걸 자제하게 된다.

---

* 명상을 하며 외는 주문

물, 지금보다 더 많이 마셔라

반드시 지켜야 할 습관은 물을 지금보다 더 많이 마시는 것이다. 연구에 의하면 물을 마시면 칼로리 소모 비율이 높아진다고 한다. 매우 크게 소모되는 것은 아니지만 약 0.5리터의 물을 마셨더니 대사율이 30쯤 증가되었다. 1년 동안 추가로 하루에 1.5리터의 물을 더 마시면 17,400칼로리를 소모시킬 수 있는데, 이것은 약 2~2.5킬로그램의 체중을 감량시키는 효과가 있다. 칼로리 소모의 40퍼센트까지는 신체의 수분을 따뜻하게 만들기 위해서 발생하므로 물을 많이 마셔 수분을 계속 채워주면 그만큼 칼로리가 더 많이 소모되는 이치이다. [9]

물 마시기는 하루에 고작 몇 칼로리를 태우는 효과밖에 없지만 우리 신체는 수분을 필요로 할 때에도 배가 고프다고 뇌에 신호를 보낸다. 그래서 물을 조금씩 마셔 두면 배고픔을 잘 느끼지 않는다. 약간 배고프다는 느낌이 들 때마다 미지근한 물 한 잔을 마셔라. 제일 먼저 손이 가는 음료가 물이 되도록 노력하자.

수면, 자는 동안에도 몸은 일한다

나는 평생토록 잠꾸러기 옹호론자이다. 최적의 수면 시간은 사람마다 다르지만 하루에 8시간이나 8시간 30분 정도는 수면을 취해야 한다. 근래에는 수면과 체중 감량의 연관성을 밝힌 연구가 많이 나왔다.

잠을 덜 자면 체중이 증가

연구에 따르면, 하룻밤에 7시간 미만으로 자는 사람들은 시간이 지날수록 체중이 증가하며, 체중 감량에 더 어려움을 겪는 것으로 나타났다. 중년의 여성들을 대상으로 한 연구에서 연구자들은 피실험자의 수면 시간과 체중 증가 사이에는 직접적인 상관관계가 있다는 결론을 내렸다. 20년 전부터 시작한 이 연구는 6만8천 명 이상의 여성에게 2년 간격으로 수면 패턴과 체중에 연관된 질문을 하고 답변을 받는 식으로 이루어졌다. 조사 결과, 하룻밤에 5시간 이하로 수면을 취한 여성들은 7시간 수면을 취한 여성들과 비교했을 때 평균 2.5킬로그램 체중이 더 나갔다. 게다가 하룻밤에 5시간 이하로 수면

을 취한 여성들은 비만이 될 확률도 15퍼센트 이상 더 높았다.[10]

일찍 자면 간식을 안 먹게 된다

수면이 부족한 사람들은 하루에 7~8시간 수면한 사람들에 비해 추가로 500칼로리까지 더 섭취할 가능성이 크다.[11] 그리고 이러한 추가 칼로리는 주로 야식이나 간식으로 택하는 간편식이 대부분이고, 여기에는 지방과 당분이 다량 함유되어 있다.

충분한 수면은 배고픔을 덜 느끼게 해준다

수면이 부족하면 우리 몸은 자기보존 수단으로 에너지 보존을 위해 신진대사를 느려지게 한다. 이때 우리 몸은 그렐린 호르몬도 분비하는데, 그렐린은 우리의 식욕을 촉진하여 더 많은 음식을 찾게 한다. 따라서 숙면을 취하면 우리는 자연적인 균형을 유지할 수 있으며, 배고픔이 보내는 신호도 왜곡 없이 받아들일 수 있다.[12]

충분한 수면은 지방을 줄이는 데 도움이 된다

우리가 체중 감량에 대해 말할 때 실제로 원하는 것은 과도한 지방을 줄이는 것이다. 하지만 아무리 노력해도 충분한 수면을 취하지 않는다면 그건 무용지물이다. 똑같은 노력을 하면서 잠을 충분히 잔 사람과 그렇지 않은 사람은 지방이 줄어드는 데 약 55퍼센트 가량 차

이가 난다. 충분히 자야 한다.[13]

수면은 먹는 양에도 영향을 미친다

수면이 부족할 경우 배고픔의 정도에 상관없이 더 많은 양의 음식을 먹을 가능성이 커진다. 몸이 보내는 배고픈 정도의 신호를 잘 알아차리지 못하기 때문이다. 이런 신호는 충분한 수면을 취하지 않을 때 발생하는 호르몬 변화로부터 영향을 받는다.[14]

수면의 이런 놀라운 효과를 각인하고 규칙적인 자기만의 수면 패턴을 만들어야 할 것이다. 쉽게 잠들기 위해서는 다음과 같은 노력이 필요하다.

- 제일 먼저 휴대폰과 컴퓨터를 꺼둔다.
- 잠자리가 아늑한지 늘 살펴본다. 정기적으로 침대시트를 바꿔주거나 베갯잇을 정리하는 등 산뜻한 잠자리를 유지한다.
- 수면을 촉진하며 향긋한 냄새가 나는 라벤더 오일을 베개에 몇 방울 떨어뜨려둔다.
- 편안한 파자마나 잠옷을 몇 벌 준비한다.
- 잠들기 전에 카모마일 차를 한 잔 마시면 좋다. 내 경우에는 자기 전에 허브차를 규칙적으로 마신다. 허브차는 긴 하루를 보낸 후에 긴장을

풀고 휴식을 취하는 데 도움이 된다.

- 숙면을 위해 빛을 완전히 차단하는 암막 커튼이나 좋은 안대를 준비한다.
- 만약 아침에 알람으로 잠을 깨우려고 애쓰고 있다면 그건 잠을 충분히 못 잤다는 증거이다. 일어났을 때 상쾌하고 푹 쉬었다는 느낌이 들 수 있게 더 일찍 자거나 하루 일과를 조정해 보려고 노력해야 한다.
- 잠자리에서 오디오북을 들어라. 타이머 기능이 탑재된 앱도 있으니 잠든 후는 신경 쓰지 않아도 된다.
- 침대에서는 뒤척이지 않으려고 애써야 한다. 자기 전에 충분히 몸을 활동시켜 미리 이완시키는 것도 방법이다. 명상이나 요가, 허브티 등을 활용하라. 침대에 들어가서 뒤척거리면 더 쉽게 잠들 수 없다. 잠자리는 어디까지나 잠을 자는 용도이다.

만약 불면증에 시달리고 있다는 생각이 든다면 가능한 한 빨리 의사를 찾아가야 한다. 잠들지 못하는 것에는 의학적 이유 또는 심리적 이유가 있을 수 있다. 어느 경우건 좋은 치료사를 만나 불면증을 치료받아야 한다. 장시간 수면을 방해받으면 신체 리듬이 깨져 원활하게 활동하기 어렵다.

우리가 하는 일은 끊임없이 우리의 내면과 외연을 만들어 낸다. 이 장에서는 삶에 쉽게 접목할 수 있는 아주 간단하면서도 기본적인 것들을 살펴보았다. 더 건강하고 행복한 생활방식에 통합적으로 접근하기 위해서였다. 자신을 보살피며 자신에게 투자하는 것이 절대적으로 중요하다. 또한 이런 습관들을 익혀 가족과 공유하고, 함께 이런 생활방식으로 살아가도록 노력해야 한다. 어느 한 사람의 노력으로 생활방식이 바뀌기는 매우 어렵다.

운동, 걷기만으로도 충분하다

억지로 헬스장에 간다고 생각해 보자. 육체적으로 피곤할 뿐만 아니라 싫어하는 일을 하기 때문에 정신적으로 지칠 것이다. 미디어에 자주 등장하는 온갖 종류의 다이어트 운동들은 잊어라. 실제로 운동을 좋아하지 않는다면 그런 운동은 아예 기억에서 지워버려라. 육체적 운동은 정신적 육체적 만족을 위해 매우 중요하다. 하지만 핵심은 체중 감량을 목적으로 하는 것이 아니라 그 자체로 즐길 수 있는 육체적 활동을 발견하는 것이다. 다이어트를 위한 고된 운동이 아니라 자기 삶의 일부가 되며, 또 육체적 활력과 정신적 행복에도 도움이 되는 새로운 취미를 찾는 것이다.

운동을 좋아하든 싫어하든 반드시 걷기를 시작해야 한다. 걷기에는 많은 육체적, 정신적 이점이 있다. 게다가 일상적으로 할 수 있는 가장 쉬운 활동이다.

걷기의 이점

동기 부여를 위해 걷기의 이점을 모아보았다.

기분을 더 좋게 만든다

하루에 10분씩 빠른 속도로 걸으면 2시간 동안 기분이 좋아진다는 연구 결과가 있다. 빠른 걸음으로 걸을 때 이전에 자신을 괴롭혔던 문제들이 대수롭지 않게 여겨지는 것으로 나타났다.[15]

에너지 레벨을 높여준다

식후에 몸이 음식을 소화하는 동안 기운이 나기는커녕 나른해질 때가 있다. 이때가 바로 15분 동안 빠른 걸음으로 걷기에 가장 좋은 시간이다. 신체 능력을 크게 향상시켜 혈당 수치를 조절하며 오후의 무기력함을 피할 수 있게 해 준다. 여기서는 타이밍이 가장 중요하다. 식후에 짧게 15분 동안 걷는 것이 나중에 장시간 걷는 것보다 에너지 레벨을 끌어올리는 데 더 효과적이다.[16]

심장질환을 예방한다

심장 박동을 높이는 빠른 걸음은 많은 이점이 있는 것이 분명하다. 하지만 빠른 걸음이 너무 힘들게 느껴지면 빨리 걷는 대신 걷는 거리를 더 늘려도 된다. 그렇게만 해도 심장이 튼튼해지고 더 긴 호흡을 가질 수 있다.[17]

뇌를 젊게 해준다

나이를 먹을수록 우리의 해마는 1년에 1퍼센트까지 줄어든다고 한다. 뇌가 줄어들면 기억력 상실, 심지어 치매까지 유발시킨다. 그런데 2011년에 진행된 한 연구에서 일주일에 세 차례 40분 동안 걷는 것이 뇌의 크기가 줄어드는 것을 막아 줄 뿐 아니라 그 크기를 증가시킬 수 있음이 밝혀졌다![18]

체중을 줄여준다

걷기와 체중 증가의 관련성에 대해 15년 동안 진행한 한 연구 따르면, 하루 30분 동안 걷기를 시도한 사람들이 그렇게 하지 않은 사람들보다 평균 7~8킬로그램 체중이 덜 나가는 것으로 나타났다.[19]

하루 1만보를 쉽게 달성하는 법

만보기를 직접 챙기거나 휴대폰에서 만보기를 다운로드하여 걷기를 시작한다. 1만 걸음은 대략 7~8킬로미터이다. 웬만큼 빨리 걷는다면 1만보를 걷기까지 약 1시간쯤 걸리고, 느린 걸음이라면 2시간쯤 걸릴 것이다. 또한 약 1.5킬로미터를 걸을 때마다 약 100칼로리를 태울 수 있다. 즉, 만보 걷기는 하루에 400~500칼로리를 태우는 운동이다.

처음에는 여간 힘든 게 아닐 것이다. 하지만 일단 익숙해지면 그리 어렵지 않게 목표를 달성할 수 있다. 걷다 보면 마음이 맑아지고 기분도 한층 더 좋아질 것이다. 그런 자신을 보면 활력이 생기게 되겠지만, 이것 역시 즐거운 도전이어야 한다. 따라서 만보 걷기에 재미를 붙일 수 있게 이것을 '해야 할 일'이 아닌 '원하는 일'로 만들어야 한다. 다음은 만보 걷기에 도움이 되는 몇 가지 팁이다.

- 오전에 몇 천 걸음을 걷는 것으로 일찍 시작한다. 오전에 일찍 걷기 시작하면 동기부여도 되고 하루를 힘차게 시작할 수 있다. 거리가 너무 멀다면 일부만 걸어도 상관없다.
- 휴대폰으로 통화할 때마다 자리에서 일어나 걸어 다닌다.
- 일과 동안 걷기를 위한 시간을 짬짬이 마련해 둔다. 두 시간 정도마다 자리에서 일어나 1천보쯤 걷는 거다.
- 주차장 입구에서 최대한 멀리 떨어진 곳에 차를 주차하고, 버스나 기차를 타면 한 정거장 일찍 내린다.
- 집에서 5천보쯤 떨어진 곳까지 걸어 다닌다. 집으로 돌아올 때는 다시 5천보를 걷게 되어 총 1만보를 가뿐하게 넘길 수 있다!
- 걷기 친구를 만들어라. 또 친구를 만날 때는 커피숍에 앉아 있는 것보다 걸으면서 대화하는 것도 좋은 방법이다.
- 항상 계단으로 다닌다. 어디에 있든 엘리베이터를 타지 않는다는 태도를 유지한다. 일단 습관이 되면 계단은 선택이 아닌 필수가 된다.

먹는 데는 이유가 없다.
진짜 배고픈 것 말고는.
음식에 감정을 싣지 마라.
세상에 나쁜 음식은 없다.

9장

기분 때문에 먹지 않기

모든 집착에는 이유가 있다

배가 고프지 않아도 음식을 먹는 주된 이유는 충동 때문이다. 어떤 욕구가 부족해지면 이를 채워 만족도를 높여가기 위한 수단으로 충동적으로 감정을 다스릴만한 음식을 찾곤 한다. 감정적 식사는 원인이 아니라 증상에 불과하다. 우리는 자주 이 증상을 겪는다.

모든 사람이 다 똑같은 이유로 감정적인 식사를 하는 건 아니다. 개개인은 모두 특별하고, 따라서 음식과의 관계와 음식을 이용하는 방식도 저마다 다르다. 엠마의 경우를 보자.

엠마는 아주 어려서부터 감정적 식사로 고생했으며, 여러 가지 심리적 · 생리적 장애 진단을 받았다. 수년 동안 본인의 증상인 폭식 문제에 초점을 맞춰 여러 전문가들과 상담을 했지만 아무런 도움이 되지 않았다. 엠마가 나를 찾아왔을 때 그녀는 실의에 빠져 우울한 모습으로 어떻게든 폭식을 멈추고 싶어 했다. 나는 그녀의 증상에 초점을 두는 대신 그녀의 개인사, 가족 관계, 형제자매들과의 상호작용, 외연과 내면을 형성하게 만든 경험 등을 수면 위로 끄집어냈다.

면담을 통해 엠마는 자신이 느끼는 불안감이 어려서부터 날씬한 언니들과 자신을 비교하면서 비롯되었음을 알게 되었다. 그녀의 어머니도 다이어트로 꽤나 고생을 한 사람이었다. 그래서 딸에게 무의식적으로 다이어트를 강요했는데, 그것이 엠마에겐 평생에 걸친 음식에 대한 집착으로 연결되었다. 엠마는 자신이 처한 문제의 핵심이 바로 여기에 있음을 깨달았다.

일단 펼쳐놓으면 흑과 백처럼 명확해 보일 수 있지만 엠마는 폭식 그 자체에 너무 집중한 나머지 처음부터 폭식 주기가 어떻게, 왜 시작되었는지에 대해서는 의문을 품지 않았다. 엠마의 어머니는 마른 언니들과의 비교가 딸을 속상하게 한다는 것을 알고 있었지만 사랑과 선의를 가지고 본인과 같은 고생을 되풀이하지 않도록 어린 딸에게 다이어트를 강요했다. 좋은 마음으로 권한 것이었지만 실제로는 딸의 부정적인 신체 이미지를 강화하면서 아주 해로운 영향을 끼치고 말았다.

체중과 관련된 가족사를 풀어내면서 엠마는 폭식의 근본적인 원인을 이해했고, 폭식 증상을 완화할 수 있었다. 엠마의 경우는 꽤 복잡하지만 고착된 행동을 바꾸는 것은 절대 불가능한 게 아니다. 필요한 것은 변화하려는 욕구와 현재에 질문을 던지는 것뿐이다.

엠마는 종종 "허겁지겁 먹어도 배가 부른 줄 모르겠어요."라고 말했다. 이 말은 애초에 배고프지 않았기 때문에 가능한 말이다. 그래서 감정적 식사는 흔히 과식으로 곧바로 이어진다. 배가 찼다고 위가 보내는 메시지를 뇌가 받지 못하기 때문이다. 감정적 식사는 자신의 몸에 불만을 갖게 되는 주된 이유 중 하나이다.

나는 최근에 친한 친구들을 만났다. 한 친구는 살을 빼려고 필사적으로 다이어트를 하는 중이어서 외식을 두려워하고 있었다. 그녀는 까다롭게 이것저것 물어보며 샐러드를 주문했고 전채요리는 아예 건너뛰었다. 반면 나머지 친구들은 본인 입맛에 맞는 메뉴를 골라 즐겼다. 디저트가 나올 즈음 그 친구는 자리를 뜨고 싶어 했다. 정작 자신은 먹을 수도 없는데, 맛있는 아일랜드 치즈와 디저트를 정신없이 먹고 있는 우리를 지켜보고 싶지 않아서였다. 우리는 함께 저녁식사를 하지 못한 것이나 다름없었다.

사실 나중에 그녀는 '굿 초이스'가 얼마나 힘든 일인지 내게 털어놓았다. 사교생활을 피하고, 술을 멀리하고, 집안에 있는 모든 '나쁜' 것들을 없애야만 자신의 선택이 효과가 있다고 생각하고 있었다. 사랑하는 내 친구는 '좋은' 선택과 '나쁜' 선택 사이에서 갈팡질팡하고 있었다. 더욱 걱정스러운 건 그녀의 기분과 행복이 몽땅 먹는 음식과 결부되어 있다는 것이었다. '좋은' 날이면 행복을 느꼈지만 '나쁜' 날이면 기분을 완전히 망치고, '나쁜' 음식을 폭식하곤 했다.

죄책감이 들지 않는 식사법

다음은 '좋은 것'을 선택하려고 애썼지만 결국 '나쁜' 선택으로 끝나버리는 바람에 죄책감이 느껴질 때 이러한 불필요한 죄책감을 없앨 수 있는 방법들이다.

먹을 자유를 자신에게 허용한다

나는 이건 좋고 저건 나쁘고 식으로 구분을 짓느라 감정과 시간을 낭비하지 않는다. 음식과 자기 몸에 대한 사랑을 즐기는 것이 바로 균형 감각이다. 자신이 좋아하는 음식을 통제하거나 끊임없이 피하려고 애쓰는 것으로부터 벗어나야 한다. 자신의 몸이 보내는 신호에 귀를 기울이고, 자신이 원할 때 원하는 음식을 먹어야 한다. 스스로에게 먹는 자유를 허락하면 자신이 생각하던 것과 정반대의 결과가 나타날 수 있다. 무엇이건 자신이 원하는 음식을 먹으면 '나쁜 것'에의 의존이 사라진다. 온갖 부정적인 생각이나 감정에 얽매이지 않고 음식을 즐길 수 있게 되는 것이다. 그리고 이렇게 할 때 탐닉과 폭식의 가능성은 훨씬 줄어들 수 있다.

앞서 소개한 엠마에게 권한 첫 번째 지침도 이것이었다. 처음에는 매우 회의적이었고, 몹시 불안해했다. 이런 '허용'으로 인해 자기 주위에 있는 음식이란 음식은 모두 먹어버릴까 봐 걱정했다. 하지만 실제로는 정반대의 상황이 벌어졌다. 아무런 제약이나 경고 없이 무엇이든 먹을 수 있게 되자 음식을 옆에 두고도 여유가 생겼다. 또한 자신이 원하는 모든 음식을 즐길 수 있게 되면서 항상 마음에 걸리던 심적 부담도 사라졌다. 그녀는 더 이상 음식을 탐닉하지 않았고, 폭식의 충동도 사라졌다. 대부분은 초기에 그녀처럼 두려워한다. 이제까지 들어 본 일반론과는 전혀 다르기 때문이다. 하지만 이것은 제법 효과가 있다.

폭식이나 과식을 했다면 다음날 반드시 상쇄한다

이 역시 균형에 대한 지침이다. 만약 외식으로 맛있는 코스 요리를 즐겼다면 혹은 감정적 식사나 폭식을 했다면 이튿날에는 점심에 수프, 저녁에 샐러드를 먹는 식으로 가벼운 음식으로 전날의 과식을 상쇄해야 한다. 하루쯤은 달콤한 간식도 삼가야 한다. 이러한 접근법은 자신의 식습관을 균형 잡힌 시각으로 바라봄으로써 '좋은' 것과 '나쁜' 것을 구별하는 데 도움이 된다.

항상 그릇의 절반을 생각한다

먹고 싶은 것, 특히 달콤한 간식을 먹는다면 이등분을 하라. 이렇게 하면 못 먹을 이유가 없다. 만약 달콤한 간식이나 디저트를 먹고 싶다면 그냥 먹어도 괜찮다. 하지만 그전에 이등분하는 습관을 길러야 한다. 나는 달콤한 것을 무척 좋아한다. 베이킹을 할 때면 거품 목욕이나 샴페인을 즐기는 것처럼 마음이 편안해진다. 그래서 나는 모든 음식을 이등분해서 절반은 내가 먹고 나머지 절반은 사람들에게 선물로 주거나 따로 저장한다. 이등분의 법칙은 간단하지만 굉장히 효과적이다. 사실 음식은 처음 몇 입만 먹어도 웬만한 맛은 다 느낄 수 있다. 그러므로 천천히 의식하면서 음식을 먹으면 더 적게 먹으며 즐길 수 있으며, 죄책감에서도 벗어날 수 있다.

욱해서 먹지 않는다

기분이 가라앉거나, 스트레스를 받거나, 실망하거나, 좌절하거나, 분노하거나, 불안할 때에, 심지어 지루할 때에도 우리는 뭔가 먹고 싶어 한다. 하지만 기분이 더 좋아지지도, 유쾌해지지도, 행복해지지도 않는다. 유감스럽게도 감정 때문에 충동적으로 무언가를 먹고 나면 결국 죄책감과 좌절감만 밀려온다.

감정적 배고픔을 없애기 위한 첫 번째 단계는 그것을 제대로 인지하는 것이다. 자기 몸이 반응하는 정도를 익히면 익힐수록 감정적 배고픔을 식별하는 것이 더 쉬워진다. 감정적 배고픔은 갑작스럽고 충동적인 느낌인 반면 정상적 배고픔은 서서히 진행된다. 일반적으로 특정한 음식에 충동적으로 반응한다면 여기에는 어떤 감정적 자극이 포함된 것이다.

감정적 배고픔과 정상적 배고픔을 구별하는 두 번째 특징은, 감정적 배고픔은 음식으로 만족시킬 수 없다는 것이다. 신체적 자극이 아닌 감정적 자극으로 음식을 먹게 되면 배부른 느낌 없이 계속 음식을 먹게 된다. 포만감을 못 느끼고 비스킷 한 봉지를 다 먹을 수 있는 것도 이 때문이다.

음식은 우리가 경험하는 감정적 결핍을 충족시킬 수 없다. 욱해서 먹기 시작하면 아무리 먹어도 배부른 줄 모른다. 처음에는 위에서 전해지는 가벼운 신호처럼 느껴지지만 시간이 흐를수록 더 강렬하게 배고프다는 생각이 든다. 계속 무시하다보면 배가 고파서 약간의 현기증이 일어나고 감정적인 반응이 생긴다. 이 대목에서 우리는 흔히 짜증을 내거나 투덜거리고 피곤하다고 징징대게 된다. 그러므로 배고픔이 느껴지기 시작할 때 자기 몸이 보내는 신호를 잘 캐치해야 한다.

배고픈 정도를 늘 기억하라. 배고픈 정도를 1~9까지 생각해서 1, 2단계는 배고픈 단계가 아니라고 친다. 약간 배고프다는 생각과 함께 배고픔을 느끼는 3, 4단계에서 먹기 시작해서 기분 좋은 포만감을 느끼는 6단계쯤에서 그만 먹는 것을 목표로 잡는다. 감정적 배고픔과 달리 신체적 배고픔은 쉽게 포만감을 느낀다. 일단 뭐라도 먹으면 배고픔이 금세 가신다. 즉 너무 배고프지 않다면 약간만 먹어도 해결되지만 쫄쫄 굶다가 먹으면 폭식하기 쉽다.

감정적 식사를 극복하는 방법

몸의 반응을 올바르게 인식하기

감정적 배고픔을 다룰 때에 가장 중요한 것이 바로 인식이다. 우리는 몸으로부터 너무 소원해져 있어 몸이 보내는 미묘한 신호를 무시하는 경향이 있다. 몸이 보내는 신호를 경청하는 법을 다시 배울 필요가 있다. 지금 한 주 동안 기록해 두었던 음식 일지를 다시 꺼내 점검해 봐라.

- 실제로 배가 고프지 않은 상태에서 먹은 양
- 누가 만들어 준 음식을 먹은 양
- 심심해서, 스트레스 받아서, 슬퍼서, 화나서, 행복해서, 조금 허전해서 먹은 양. 즉 감정적 식사의 양
- 감정적인 이유를 제외한 정말 배가 고파서 먹은 양

수치로 환산하기는 힘들겠지만 적다 보면 몸에 연료를 공급하는 것과는 전혀 상관없이 섭취한 음식의 양에 놀랄 것이다.

그럼 언제 먹어야 할까? 만약 배가 고프다면 어느 정도일까? 음식을 입에 넣으려고 할 때마다 스스로에게 '지금 배가 고픈가? 배고픔의 몇 단계일까? 대체 난 뭘 먹고 싶어 하는 걸까?' 이런 질문을 버릇처럼 해보자.

생각보다 많은 사람들이 심각한 심리적 문제를 덮어버리려고 음식에 의존하고 있다. 불안하거나, 슬프거나, 지루하거나, 화가 나거나 등등 충동적으로 먹으려고 해서는 안 되는데, 이 또한 쉽지 않다. 사람인지라 감정적인 폭주를 음식으로 대체할 때가 있는데, 이때 도움을 줄 수 있는 효과적인 도구가 바로 ABC 시트이다. ABC 시트는 나와 상담한 사람들이 폭식을 해소하는 데 무척 도움이 되었다고 입을 모아 말한 간단한 페이퍼 작성이다.

'감정적 배고픔'을 해소하는 ABC 시트

ABC 시트는 심리학에서 흔히 인지행동 도구로 사용하는 것을 약간 변형한 것이다. 음식에 대해 죄책감을 느끼거나, 몸에 불안감이나 불만을 느낄 때마다 사용하면 유용하다.[1]

대략이 아닌 자세히 써야 효과적이다. 일단 작성한 것을 살펴보면 그것은 실제 사실이라기보다는 막연한 생각에 불과하다는 것을 깨닫게 될 것이다. 음식 충동을 느낄 때마다 그 즉시 작성하면 좋다.

사람은 생각이 감정을 결정하고, 감정은 태도와 행동에 직접적인 영향을 미친다. 여기서 이 ABC 시트는 무의식이 아닌 의식의 차원에서 불필요한 생각들을 변화시키는 데 도움을 주며, 자기 자신을 더 편하게 느끼도록 만드는 역할이다.

부정적으로 느끼면 느낄수록 계속 부정적으로 생각할 가능성이 커지며, 쉽게 악순환으로 발전할 수 있다. 기분이 언짢거나 먹는 것에 죄책감이 느껴진다면, 혹은 폭식 같은 불만족스러운 방식을 바꾸고 싶다면 ABC 시트는 충분히 활용할 만한 가치가 있는 도구이다.

- C(Consequences) 박스부터 시작한다. 1분 동안 현재 느끼는 기분을 적는다.
- 다음으로 A(Activating/Trigger Event) 박스로 이동한다. 여기서는 언짢게 했던 사건의 특정한 부분에 집중하는 것을 목표로 한다. 세세하게 파고들지 말고 간결하게 자신의 생각을 기록한다.
- B(Beliefs) 박스로 넘어간다. C의 기분을 가지게 한 A 사건을 어떻게 생각하고 어떤 태도를 지니게 하는지 평가한다.
- 마지막으로 D(Dispute) 박스로 이동한다. 더 긍정적인 방법을 찾아보는 것. 적어놓은 모든 '부정적 믿음'에 대해 좀 더 유연하게 긍정적으로 대응할 수 있는 방법을 적는다. 자기 자신에게 미치는 효과가 상당할 것이다.

ABC 시트 (C→A→B→D 순서로 기록할 것) 예시

A	Activating

- 지금 막 발생한 사건
- 과거의 사건
- 미래에 발생할 사건 · 자신을 괴롭히는 사람, 장소 또는 물건
- 마음속 생각이나 기억
- 자신의 감정, 행동, 심리적 반응(빠른 심장 박동, 숨가쁨, 두통, 피로, 안면 홍조, 땀 흘림, 갑작스런 배고픔 등등)

(ex) 퇴근해야 하는데 상사가 자기 대신 곧 도착할 서류를 받아 놓으라고 했다. 금요일 퇴근인데 어이가 없다. 빨리 퇴근해서 맛있는 저녁을 먹으며 쉬고 싶다.

B	Belief

- A 사건에 대한 생각, 태도, 확신이 자신에게 어떤 의미인지 기록.(자신이나, 타인, 인류 전체의 현재나 미래에 관한 것일 수 있다. 이러한 확신은 극단적이거나 왜곡된 것처럼 보일 수 있으며, 보통은 자기 자신이나 자신이 처한 상황 또는 타인에 대한 부정적인 생각을 의미한다.)

(ex) 내가 왜 이 시간까지 상사의 서류를 기다려야하는지 모르겠다.
이게 회사 일이 맞는 걸까?

C	**Consequences** 자신의 행동과 감정에 관한 A와 B의 결과에 해당한다.

- 자신이 느끼고 있는 감정(분노, 불안, 상처, 수치심, 죄책감, 혐오감, 우울함, 시기, 마음의 상처, 질투심, 슬픔 등등)
- 감정에 보인 반응(탐식, 폭식, 금식, 상황 회피, 자기 고립, 뒤로 미루기, 적극적 반응, 자신감 찾기)

(ex) 피곤하고 귀찮다.

D Dispute

- 지금의 생각들은 논리적인가 아니면 비논리적인가?
- 다른 사람들은 이런 생각이 극단적이라고 생각하지 않을까?
- 이런 생각을 반증할 만한 증거가 있을까?
- 부정적인 확신에 사로잡힌 생각인가, 아니면 사실에 근거를 둔 생각인가?
- 이 생각이 100% 진실임을 증명할 수 있을까?

(이 질문에 단순히 '예' 또는 '아니오'로 답하지 말고 부정적인 생각과 믿음을 대체할 만한 논거를 만들어 보자.)

- 지금부터는 어떻게 생각해야 나한테 좀 더 이로울까?
- 사랑하는 사람이 나처럼 생각한다면 무슨 말을 해줄까?
- 기분이 좋을 때도 과연 이런 식으로 생각할까?
- 대안이 되는 이런 접근법을 경험한 적이 있다면 구체적으로 그 경험을 적어보자.
- A에 대해 다른 방식으로 행동하고 느끼려면 무슨 생각을 해야 할까?

(ex) 논리적으로 생각하면 상사의 서류는 상사가 받아야 하지만,
나중에 내가 상사에게 부탁할 일이 생길지도 몰라. 너무 늦지만 않으면 괜찮아.
오늘은 금요일이야!

최대한 정확하게 답을 적는다. ABC 시트는 감정적 식사를 유발하는 충동의 원인을 파악하는 데 있어 정말 유용한 도구이다.

종종 ABC 시트를 몇 장 작성해 보긴 했지만 거의 효과가 없었다고 말하는 사람들도 있다. 나는 그들에게 머릿속으로 이 과정을 진행했는지 아니면 글로 적었는지 물어본다. 그들은 굳이 적어야 하냐고 반문한다. 그들에게 효과가 없었던 이유가 바로 이것이다. ABC 시트에 글로 적는 것은 잘못된 생각을 읽어내기 위해서이다. 자기가 쓴 문장을 두 눈으로 직접 보는 것이 심리적으로 훨씬 더 큰 영향을 받는다. 이 과정을 통해 자신의 생각을 명확하게 검토하고, 수정하고, 평가할 수 있다. 또한 시간이 지남에 따라 얼마나 발전했는지도 알 수 있다.

생각만 했던 사람들은 글로 적는 방식으로 다시 진행할 때마다 그 차이에 깜짝 놀라곤 한다. 여기서의 핵심은, 충동적으로 음식을 먹는 그때의 느낌을 인지해서 감정적 식사를 막는 것이다. 과식이나 폭식과 싸울 때도 도움이 된다.

거듭 강조하지만 모든 문제는 자신의 외면과 내면 모두를 사랑하고 존중하는 데서 해결점을 찾아야 한다. 자아에 대한 존중은 음식과 관련된 감정적 문제를 해결하는 열쇠이며, 자신에게 보상하고 즐거움을 찾아주는 실마리이며, 더 많은 에너지와 활력을 찾아주는 도우미이다.

감정적 식사를 주제로 진행된 가장 최근의 연구에 따르면, 불가피한 스트레스가 감정적 식사의 주요 요인인 것으로 나타났다.[2] 우리는 좋지 않은 인간관계, 완고한 상사, 억눌린 감정, 아픈 가족, 만성 질환 등 갖가지 이유로 스트레스를 경험한다. 그리고 이러한 감정 요인들이 삶에 부정적인 영향을 미치고, 그것이 다시 감정적 식사로 이어질 가능성이 커지는 것이다.

정신적·육체적 행복이 감정적 식사를 극복하는 데 중요하다는 사실만 기억하라. 지금 충분한 수면을 취하고 있는가? 앞서 말했듯이 스트레스처럼 수면 부족도 체중 증가의 주요 원인이다. 수면 부족과 스트레스로 인해 생성된 호르몬이 배고픔의 신호를 방해할 뿐 아니라 신진대사에도 영향을 주기 때문이다. 따라서 숙면도 우선순위에 들어가야 한다.

명상도 하라. 명상은 스트레스를 줄이는 데 매우 효과적이다. 건강과 행복을 위해 수면과 명상을 항상 우선순위에 두고 하루 일정을 만들어라. 건강한 상태를 만드는 데 초점을 맞추어라. 그래야만 감정적 식사의 원인을 없앨 수 있다.

쾌감의 원천으로서의 음식

가끔 상담자들에게 과식이나 폭식을 하지 않으면 어떤 기분일 것 같냐고 물어본다. 그러면 대개 '딱히 기대할 게 없는 날'이라고 대답

한다. 힘들고 긴 하루가 끝날 무렵 달콤한 간식이나 와인 한 잔은 일시적인 쾌감을 주는 특효약이다. 왜 그럴까? 다양한 데이터에 따르면, 당분과 지방을 섭취할 경우 우리의 뇌에서는 오피오이드가 분비된다고 한다.[3] 오피오이드는 코카인이나 헤로인 같은 마약류의 활성 성분이다. 그래서 아이스크림과 비스킷을 먹으면 실제로 진정 효과가 발생하며, 이런 습관을 고치는 것은 마치 마약을 끊는 것과 비슷한 느낌이라고 할 수 있다. 하지만 쾌감과 휴식을 느낄 수 있는 다른 방법들은 얼마든지 있다.

루시는 나쁜 습관을 쾌감으로 잘 전환해낸 케이스이다. 오랫동안 그녀는 자신의 폭식을 숨기면서 부정적인 감정이 자신을 지배하도록 내버려두었다. 하지만 자신의 행동에 의문을 품으면서 마음의 여유를 갖고 주변의 외부 세계로 시선을 돌리기 시작했다. 호기심과 모험심이 생긴 그녀는 많은 다양한 활동을 시작했고, 사회생활에도 적극적으로 참여했다. 이런 활동들은 뇌에서 긍정적인 화학 반응을 일으켰다. 물론 이전에도 그녀는 이런 활동을 했지만 에너지와 열정에서 차이가 있었다. 그녀는 자기 몸을 돌보고, 규칙적으로 마사지를 받고, 손톱 손질을 하고, 멋진 물건을 사고, 새로운 놀이에 돈을 쓰는 등 자기관리의 가치와 효용성에 대해서 눈을 뜨기 시작했다.

어쩌면 호사처럼 여겨질 수도 있지만 자꾸 음식에 손이 가는 사람들은 감정적 식사를 극복하기 위해 자기 자신을 보상하고 달래줄 다른 방법들을 찾아야 한다. 처음에는 다른 방법들이 달콤한 음식을 먹는 것만큼 효과적이지 않을 수 있다. 하지만 먹지 않을 때의 막연한 공허함을 채워 주는 데에는 도움이 된다. 먹고 싶다는 생각이 들 때마다 다른 데로 시선을 돌리면 효과가 있다.

자기 몸을 인정하라

감정적 식사를 촉발하는 또 다른 주요한 요인은 자기 몸에 대해 갖고 있는 부정적인 시선이다. 생각 외로 많은 사람들이 자기 몸을 싫어한다. 자기 몸을 미워하면서 방치하고, 아무 생각 없이 계속 먹는 길로 빠지게 된다.

자기 부정, 수치심, 증오심 같은 생각은 자기 몸을 존중하거나 지속적인 변화와 긍정적인 선택을 하는 데 가장 큰 걸림돌이다. 많은 사람들이 자신이 목표로 하는 체중을 달성하면 자기 몸을 싫어하던 감정이 사라질 거라고 믿는다. 하지만 현재 바로 지금 자기 몸에 좋은 느낌을 가져야 목표도 달성할 수 있다.

매일 아침 자기 몸에서 마음에 드는 부분 다섯 가지만 떠올려보자. 일상적인 일과로 '10가지 감사할 일'에 포함시켜도 좋을 것이다. 처음에는 자기 몸에서 마음에 드는 부분을 꼽는 게 어려울 수도 있지만 연습을 하면 할수록 점점 익숙해지고 자신감이 붙을 것이다.

요리를 할 줄 알면
재료와 맛을 사랑하는 마법을 경험하게 되고
천편일률적인 식사에서 벗어나
스스로를 대접하는 법을 새로이 배우게 되니,
인생의 중요한 시간들을 먹으면서 보내지 말고

요리하면서 보내는 것도 방법.

10장

요리는 일상을 즐겁게 만든다

충분히 좋은 날들이 되길!

어린 시절 내 친구들은 우리 집에 오기 전에 미리 배를 든든히 채우고 왔다. 마치 영화 〈브리짓존스의 일기〉에 나오는 맛없는 파란색 스프처럼 내 요리가 형편없었기 때문이다. 그래도 나는 계속 요리에 도전했고 매번 실패했다. 문제는 요리의 기본을 숙지하지도 않고 너무 조급하게 덤비는 데 있었다. 주방에서는 자신감도 행복감도 찾기가 너무 힘들었다. 그러다가 빵을 굽는 것은 인내의 기술이라고 남편이 계속 일깨워 주었고, 덕분에 빵 굽는 법을 배울 수 있었다. 이제는 인내와 자신감이 근사한 식사를 위한 최고의 재료라는 걸 안다.

나의 이런 '만들기에 대한 짝사랑'은 오래전부터 시작되었다. 꼬맹이일 때부터 콘플레이크 박스로 만든 인형 세트장이나 오래된 목재 팔레트로 만든 나무집처럼 무언가를 만드는 것을 무척 좋아했다. 시를 짓고, 노래 가사를 쓰고, 추상적인 그림을 그리고, 커튼과 시트를 가지고 내 방을 은밀한 은신처로 만들곤 했다. 나는 끊임없이 무언가를 만들어 냈지만 내 작품들 중에서 봐줄 만한 것이 하나도 없었다.

딸이 재능 있는 예술가나 시인이 아니었음에도 부모님은 비웃지 않았고, 나의 독창성에 감탄을 보내주셨다.

물론 그 사랑으로 평범한 예술성이 장밋빛으로 바뀔 수는 없는 노릇이었다. 1980년대 시골 소녀에게는 가위나 스카치테이프조차 귀한 물건이었고, 그 과정을 즐겼기에 꽝손이 문제가 되지 않았다. 나는 무언가를 만들려고 시도할 때 제일 행복했다.

이렇게 내가 장황하게 과거를 털어놓는 것은 나는 완벽의 노예가 아니라는 걸 말하고 싶어서다. 만약 완벽을 추구했더라면 끊임없이 무언가를 만들려고 하지 않았을 것이다. 음식 솜씨가 훌륭했던 엄마에겐 내가 골칫거리였겠지만 나는 줄곧 주방에서 창의력을 발휘하고 싶어 했다. 나는 재료의 절반만 가지고 무언가를 만들려고 애쓰곤 했다. 지금도 요리할 때 이 방법을 쓴다. 지금도 그렇지만 앞으로도 주방을 엉망으로 만들며 살고 싶다.

그래서 내 인생의 좌우명은 '충분히 좋은(good enough)'이다. 정신분석가 도널드 위니콧(Donald Winnicott)의 '충분히 좋은 어머니(the good-enough mother)'라는 용어를 차용한 것인데 그의 이론에 따르면, 가장 바람직한 어머니란 '충분히 좋은 어머니'가 되는 것이라고 한다. 부모가 완벽한 존재가 아닐 때, 즉 아기의 욕구가 즉시 충족되지 않고 조금씩 좌절을 느낄 때 더 건강하게 성장한다는 것이다. 복잡한 이론이지만 이 이론이 주는 힌트는 완벽함이 항상 이상적인 환경은 아니라는 사실이다.

우리는 인간이며, 삶에서 일어나는 절박한 사정을 허용할 필요가 있다. '충분히 좋은'이라는 감정을 평생 유지하려는 것도 이 때문이다. 완벽해지려고 애쓰지 않으면 무엇이 되었든 시도할 것들이 더 많이 생긴다. 이 책을 읽는 분들이 삶을 이런 '충분히 좋은' 태도로 접근했으면 한다.

클레어는 젊은 맞벌이 부부여서 항상 시간에 쫓겼다. 특히 어린 자녀를 돌볼 시간이 많지 않았고, 식사는 주로 간단하게 때우는 느낌으로 해결했다. 요리에 관심도 없었고, 야채를 즐겨 먹지도 않았다. 파스타나 즉석 오븐 요리를 제외하고 빵을 굽거나 무언가 다른 요리를 만들어 본 적도 없었다. 나는 다소 집요하게 권유했는데, 마침내 그녀는 기본부터 차근차근 시작했다. 집에서 만든 수프와 영양가 있는 채소 위주의 식단을 준비하고, 그 식단이 얼마나 맛있는지, 또 자신이 이 과정을 얼마나 즐기는지 이야기하기 시작했다. 클레어는 열성적으로 변했다. 시간이 지날수록 주방이 더 편해지고 자신감도 생겼다. 쇼핑 패턴도 변해서 즉석식품은 더 이상 구입하지 않게 되었다. 클레어는 집에서 만든 음식으로 꾸민 새로운 식단이 더 많은 에너지를 제공하며 체중 감량에도 도움이 된다는 사실을 깨달았던 거다! 그로부터 몇 달 후 그녀는 안절부절못하는 초보자에서 요리와 제빵을 휴식과 즐거움의 원천으로 삼는 사람으로 변했다.

요리를 배우는 것은, 기본부터 익혀야 한다는 점에서 새로운 언어를 배우는 과정과 비슷하다. 일단 기초부터 다지면 좀 더 복잡한 단계로 옮겨갈 수 있다. 새로운 언어를 배울 때에는 인내와 시간이 필수인 것처럼 요리도 마찬가지이다. 처음에는 어려워 보일 수도 있지만 일단 자신감을 갖게 되면 새로운 기술을 익히는 것에서 큰 기쁨을 맛볼 수 있다. 요리사가 되라는 게 아니다. 단지 스스로 무언가를 만드는 것이 얼마나 쉽고 큰 만족감을 주는지 느꼈으면 한다. 가끔 실수할 때도 있지만 시간이 지나면 몇 가지 요리법쯤은 쉽게 익힐 수 있을 것이다. 내가 누누이 말하듯이, 자신감은 무언가를 성취한 이후에 찾아온다. 그러니 시간과 인내심을 가질 필요가 있다.

모두에게 통용되는 건강식은 없다

아마도 '건강식'에 관한 책이라면 이쯤에서 아침, 점심, 저녁으로 무엇을 먹어야 할지 알려 주는 플랜이 등장할 것이다. 이 책은 그렇지 않다. 체중 감량에 목마른 사람들이 정해진 식사규칙을 얼마나 바라는지도 잘 안다. 하지만 나는 그것이 좋은 방법이라고 생각하지 않는다.

자신이 좋아하고 즐길 수 있는 음식을 먹어야 체중 감량에 도움이 된다. 사람들은 저마다 다 다른 미각을 가지고 있다. 또한 시간, 날씨, 분위기 등 여러 가지 조건에 따라 저마다 다른 시간에 다른 것을 원한다. 사람들에게 무엇을 먹어야 하는지 정확한 플랜을 짜주는 것은, 모든 사람들에게 똑같은 유니폼을 입으라고 강요하는 것과 마찬가지이다. 당연히 터무니없는 짓이다. 체중 감량 식단의 정확한 의미는 자신에 대한 믿음을 가지고 몸이 보내는 신호에 귀를 기울이며, 자신이 원하는 시간에 원하는 음식을 먹는 것이다.

요리하기를 두려워하지 마라

식단을 바꾸려고 애쓰고 있다면 직접 요리하는 게 무엇보다 중요하다. 대부분의 사람들은 시간이 부족하고, 요리에 재능이 없다고 겁을 낸다. 최선의 해법은 간단한 요리법 몇 개를 익혀서 응용하는 거다. 요리법만 익히면 특정한 어떤 재료가 없어도 비슷한 재료로 얼마든지 대체 가능하다. 손에 익으면 금방 만들 수 있고, 재료가 좋으면 맛은 절로 따라온다.

명심할 것은 긍정의 연결고리가 반복적인 행동을 낳는다는 것이다. 자기가 만든 요리에 자부심을 느낀다면 절로 요리를 더 많이 하고 싶은 마음이 생길 것이다. 그런 다음에 화려한 식탁을 꾸미든, 건강식단을 짜서 매일 요리를 하든 그 출발점은 어디까지나 기본적인 몇몇 테크닉뿐이다.

굳이 훌륭한 미식가가 될 필요도 없고, 직업 요리사처럼 될 필요도 없다. 단지 매일 양질의 가공되지 않은 음식을 먹을 수 있으면 그것으로 충분하다. 즉석식품이나 가공식품을 멀리하고 자기 몸에 맞는 재료로 자신이 원하는 음식을 먹는 가장 쉽고 빠른 방법이 요리이다.

하다보면 일일이 레시피를 보지 않아도, 그저 냉장고를 쓱 훑어보는 것만으로도 얼마만큼의 재료를 써서 어떤 순서로 조리해야 하는지 금세 익히게 된다. 하지만 수많은 시행착오를 겪는 연습이 필요할 것이고, 자기가 싫어하는 맛과 좋아하는 맛을 찾기 위해 엄청 맛도 많이 봐야 할 것이다.

빠르고, 쉽고, 복잡하지 않으며, 맛있는 음식을 만드는 아주 간단한 몇몇 요리법을 알아보자. 최고 품질의 재료만 있으면 이에 걸맞은 맛을 낼 수 있을 것이다.

찜

스티머나 찜기에 물 한 컵을 넣고 화력을 올린다.

김이 오르는 동안 채소를 칼로 썬다.

똑같은 크기로 정확하게 할 필요없이 마음대로 자른다.

이왕이면 한 입 크기로 자르기를 권한다.

크기가 클수록 익는 시간이 오래 걸린다는 건 알아야 한다.

채소의 색이 선명하고 맛이 아삭하게 살아 있도록 너무 오래 찌지 않는다.

일단 채소가 익으면 맛을 내기 위해 버터 한 조각을 얹어놓거나 올리브 오일을 조금 뿌린다.

양념을 넣어 맛을 낼 수도 있고, 신선한 허브나 말린 허브 또는 레몬즙, 심지어 씨앗을 뿌려도 된다.

대부분의 채소는 이 방법이면 다 통한다. 흔히 찐 채소는 별로 환영받지 못하고 다이어트를 위한 어쩔 수 없는 선택쯤으로 취급받는다. 하지만 각종 요리에 곁들이는 훌륭한 베이스 역할을 할 뿐만 아니라 여러 연구에 따르면, 채소를 잠깐 찌는 것이 비타민과 미네랄과 항산화제를 보존하는 데 도움이 되는 것으로 나타났다. [1]

소테

소테(sauté)는 두 발로 뛰어내려 같은 자세로 착지하는 발레 용어인데 약간 뜨거운 기름에 재빨리 음식을 볶는다는 의미도 있다. 소테는 매우 간단한 조리법이다.

역시 채소를 먹고 싶은 크기로 자른다.

빠른 시간에 고열로 하는 요리이므로 팬은 큰 것, 재료는 소량으로 준비한다.

큰 프라이팬을 중불로 가열하고, 여기에 퓨어 올리브오일이나 코코넛오일을 1테이블스푼 넣고 다시 가열한다.

팬이 가열되면 채소를 넣고 익을 때까지 재빨리 볶아준다.

여기에 마늘, 양파, 버섯을 약간 추가하여 풍미를 더한다.

먹고 싶은 생선이나 닭고기를 추가하면 다른 요리가 된다.

생선과 닭고기

생선과 닭고기는 건강에 좋고 맛있는 요리로 쉽게 변신이 가능한 재료이다.

생선이나 닭고기를 그릴에 굽거나 튀긴 다음 순수 올리브 오일, 레몬 주스, 로즈메리, 마늘이나 생강, 고수 등을 넣어 맛을 내면 된다.

신선한 생선이나 유기농 닭가슴살은 그 본연의 맛을 살리기만 하면 된다. 너무 복잡할 필요가 없다.

그릴 요리

그릴팬을 가열한다.

팬이 달궈지는 동안 좋아하는 재료로 생선이나 닭고기를 양념한다.

닭고기는 붉은 고추로 매운 맛을 내거나 레몬을 뿌려 상큼한 맛을 내준다.

생선은 7~10분 정도 전체적으로 불투명하고 부드러워질 때까지 익힌다. 중간에 한 번 뒤집어준다.

닭고기는 생선보다 더 오래 15분 정도 중간에 뒤집어주면서 익힌다. 전체적으로 딱딱하고 하얀색으로 변했으면 다 익은 것이다. 가장 큰 조각 가운데를 잘라 잘 익었는지 확인한다.

구이

오븐에 구이를 할 때는 약 240도로 예열한 다음 재료를 넣고 200도로 낮추는 게 요령이다.

채소를 잘게 썰어 넘치지 않도록 오븐용기에 담는다.

올리브유를 뿌리고, 천일염과 갓 갈아낸 후추로 간을 맞추고, 취향의 허브를 추가한다.

구운 채소에 발사믹 식초를 약간 추가한다.

땅콩호박이나 파스닙(일명 설탕당근)은 메이플 시럽을 뿌려 먹으면 맛이 배가 된다.

생선살이나 닭가슴살을 오븐에 구울 때는 레몬즙과 버터 한 조각이나 올리브유를 뿌린 뒤 알루미늄 포일로 한 조각씩 싸서 굽는다. 이렇게 하면 육즙과 맛을 온전히 유지할 수 있다. 그런 다음 감자를 삶아서 함께 접시에 담는다. 육즙이 접시로 흘러들어 감자에 흠뻑 스며드는데 정말 쉽고 간단하지만 맛도 훌륭하고 건강에는 더할 나위 없이 좋은 요리이다.

허브와 향신료

가공식품과 거리를 두기 시작하면 허브와 향신료는 요리에서 매우 큰 비중을 차지하게 된다. 냄새를 맡고 맛을 보면서 계속 시도하다 보면 자신이 좋아하는 허브 조합도 생긴다. 나는 신선한 허브를 얻기 위해 다양한 종류의 허브를 기르고 있다. 정원이 없어도 허브 화분을 창가에 놓고 키우면 관상과 활용을 겸할 수 있다.

가급적 신선한 허브를 쓰는 게 좋지만 말린 허브와 향신료도 괜찮다. 신선한 로즈메리, 잘게 썬 신선한 고수, 으깬 신선한 마늘이나 얇게 자른 생강을 채소에 넣으면 그 맛은 배가 된다.

게다가 허브는 놀라운 해독 효과도 가지고 있다. 쌀을 요리하는 동안 생강 몇 조각을 물에 넣거나 강황 2티스푼을 추가하여 인도식 노란 밥을 만들 수도 있다. 생강과 강황은 모두 강력한 항염증 효과를 가지고 있으며 밥에 풍미를 더해준다. 가끔 나는 아침시간의 원기 회복을 위해 따뜻한 레몬수에 강황과 생강을 넣기도 한다.

자기가 좋아하는 음식을 자주 요리하라

7장에서 언급한 아트풀 이팅 식사법의 3단계를 떠올려보자. 자신이 원하는 음식을 먹고, 그 쾌감을 즐기라고 했다. 이건 요리도 마찬가지이다! 가끔 요리에 서투른 사람들이 사진으로 남기는 것을 좋아하거나 식사에 초대한 손님들에게 깊은 인상을 남기고 싶어 화려한 요리법에 도전한다. 하지만 이건 너무 큰 실수이다. 자칫 요리에 흥미를 잃기 쉽다.

자기가 할 수 있는 것으로 시작하라. 자신이 좋아하는 맛을 만들어내면 성공할 확률이 높아진다. 칭찬과 즐거움은 긍정적인 시너지를 내고, 또 그것이 요리를 하고 싶은 욕구를 더 강하게 해준다.

또 가능한 한 자주 식사를 준비하라. 집밥의 달인이 되려면 자주 요리해야 한다. 연습이 완벽을 만들고, 더 자주 요리할수록 많은 성과를 얻을 수 있다. 완전 요리 초보라면 일주일에 3일 정도 '요리하는 날'을 정해두는 것도 방법이다.

올바른 도구를 사용하라

올바른 도구를 사용하면 많은 시간을 절약할 수 있다. 특히 썰기, 튀기기, 뒤집기 같은 가장 기본적인 기술에서 시간을 아낄 수 있다. 주방에서 가장 필수적인 도구는 칼인데, 칼을 잘 다루게 되면 잡다한 주방 일에서 올바른 도구를 쓰는 게 얼마나 중요한지 알게 된다. 다음은 갖고 있으면 요리가 편한 주방도구들이다.

- 대형 코팅 프라이팬
- 대형 소쿠리
- 대형 그릴팬
- 대형 캐서롤팬
- 바닥이 두꺼운 소스팬
- 시트팬
- 믹싱볼 세트
- 식칼(주방용, 톱니형, 소형 과도)

- 나무도마와 플라스틱도마
- 저울
- 계량컵(대형, 소형)
- 웍
- 야채탈수기
- 푸드 프로세서
- 핸드 블렌더

한 끼를 먹더라도 정성껏

비록 한 끼만 먹는다 할지라도 그것에 공을 들여야 한다. 냅킨과 몇 송이 꽃 또는 양초를 가지고 식탁을 우아하게 장식해 보면 '즐긴다'는 게 어떤 의미인지 알게 된다. 급하게 서서, TV를 보면서 먹는 둥 마는 둥 그렇게는 먹지 마라. 천천히 여유 있게 식사시간을 휴식과 즐거움의 시간으로 만들어라.

요리를 하다 보면 기대치가 높아지고 자신이 만든 음식을 의식적으로 즐기고 싶어진다. 가령 나는 수프를 만들면 항상 장식을 얹는다. 이런 작은 섬세함이 큰 차이를 만들어 준다. 음식이 어떻게 보이느냐는 그 맛 못지않게 중요하다. 음식은 준비하면서 느끼고, 먹기 전에 눈으로 먼저 먹고, 입에 닿는 순간 맛을 느끼면서 세 번 즐길 수 있다.

사용하는 식기나 도구도 중요하다. 예쁜 그릇에 훌륭하게 플래팅하는 동안 폭식에 대한 생각이 사라질 수도 있다. 굳이 비싼 그릇이 아니어도 중고로 구입하거나, 온라인 몰의 세일을 잘 활용하면 마음에 드는 좋은 식기를 살 수 있다.

또 하나, 음식을 한 접시에 모두 쌓아두는 것이 아니라 코스요리처럼 차리는 것도 생각해볼 만하다. 가령 식사와 함께 샐러드를 먹는다면 샐러드를 먼저 내놓고 그 다음에 메인요리를 내는 식이다. 아니면 수프와 빵을 먼저 먹고, 뒤이어 삶은 계란을 곁들인 푸짐한 샐러드를 먹은 다음 과일 한 조각과 약간의 치즈나 천연 요구르트나 커피를 먹는 식으로 코스를 짜서 먹는다. 이렇게 하면 음식을 더 천천히 먹고, 더 적게 먹을 수 있다. 천천히 계속 음식이 차려지면 시각적으로도 느낌상으로도 이미 많이 먹었다는 착각을 들게 해, 식사량을 줄이는 훌륭한 결과를 가져온다.

탐구정신이 맛을 알게 한다

열린 마음으로 먹지 않으면 요리를 잘 하기도 어렵다. 호기심을 가지고 요리에 도전하면서 미각을 발달시키는 것은 시간이 걸리는 일이다. 또한 스스로 변화하려는 욕구가 있어야 한다.

나는 어릴 때 정말 토마토를 싫어했다. 하지만 나이가 들면서 올리브유와 약간의 소금을 뿌려 토마토를 억지로 먹기 시작했다. 질감과 풍미에 익숙해지기까지 다소 시간이 걸렸지만 마침내 토마토의 진정한 맛을 알게 되었다. 처음 와인이나 맥주에 손을 댔을 때도 마찬가지이다. 첫맛은 찡그려졌을지라도 지금은 그 맛을 기가 막히게 알고 있다. 맛에 익숙해지기까지 인내심을 가지고 계속 시도한 결과이다. 맛도 호기심과 모험심을 갖고 알아 가는 노력이 필요한 것이다.

가족 중에 편식하는 사람이 있다면 음식에 대한 이런 탐구 정신은 크게 영향을 미친다. 새로운 요리를 시도하고, 편식하는 가족을 동참시키고, 같이 준비하면서 고치도록 격려할 수 있다.

인생을 즐기는 한 부분으로 요리가 비중 있게 차지하려면 맛에 대해 애정을 가져야 한다. 질 좋은 식재료를 고르는 재미와 맛있는 요리의 진가를 알게 되면 먹고 치우는 일이 힘든 집안일이 아니라 즐거운 취미가 되기도 한다.

이렇게 되려면 가까운 거리에 단골 정육점과 청과물 가게 한 군데 정도는 사귈 필요가 있다. 가게 주인들이 좋은 재료를 추천해 줄 뿐 아니라 요리 비법, 노하우도 곧잘 알려준다.

손님 초대가 쉬워지는 법

손님 접대는 굉장히 스트레스 받는 일이다. 하지만 그럴 필요가 없다. 성공적인 저녁 모임의 핵심은 따뜻하고 편한 분위기를 만드는 것이다. 어울리는 음악을 미리 골라 두고, 꽃 몇 송이와 양초 몇 개만 준비해도 식사자리에 정성을 쏟았음이 충분히 느껴진다. 누군가를 초대하는 것 자체가 호의를 보이는 것이므로 좀 부족해도 접대하려는 느낌만 전달하면 되지 굳이 성대하게 차리려고 애쓸 필요는 없는 것이다.

제일 쉬운 방법은 손님들이 도착했을 때 부랴부랴 준비하는 대신 카레나 구운 고기처럼 미리 만들어 놓을 수 있는 음식으로 대접하는 것이다. 무엇이든 복잡한 것보다 간단한 것이 더 좋은 법이다. 그러니 수월하게 만들 수 있는 요리부터 시작하고, 손님들이 왔을 때도 여전히 음식을 준비하는 중이라면 그들에게 도움을 청하라. 사소한 일거리를 주면 오히려 격식을 차리지 않아도 된다는 생각에 더 편해질 수 있다.

또 하나는 웰컴 음료나 와인을 미리 준비해 두는 거다. 이는 사람들을 반갑게 맞이하면서 마음을 편하게 해주는 좋은 방법이다. 프랑스에 살고 있는 내 사촌은 '키르(kir)'를 준비했는데 아주 매력적인 술이었다. 키르는 화이트와인에 크렘 드 카시스라는 리큐르 원액을 소량 섞은 칵테일이다. 와인만 충분하다면 정말 쉽게 만들 수 있다. 화이트와인 대신 샴페인을 사용하여 키르 로얄을 만들 수도 있다. 샴페인은 식전주로는 정말 안성맞춤이다! 간단한 식사조차 황홀하게 만드는 마법을 부리는 게 샴페인이다.

비법을 하나 더 전수하자면, 한두 가지 자기만의 칵테일 레시피를 개발하는 거다. 내 남편은 아페롤과 스위트 베르무트를 2:1 비율로 혼합한 다음 그 위에 얼음이 담긴 탄산수를 붓고 오렌지 한 조각을 얹어 칵테일을 내놓는다. 물론 손님들이 그 맛에 칭찬을 아끼지 않는다. 이 칵테일을 고풍스러운 칵테일 잔에 담아 어울리는 안주 한 가지만 곁들여도 손님 접대는 성공적이다.

수프는 미리 만들 수 있기 때문에 첫 번째 코스 요리로 안성맞춤이다. 호밀빵을 곁들여서 내놓으면 좋다.

메인 요리 이후에는 간단한 디저트를 내준다. 컵에 생크림, 딸기, 머랭 등을 쌓아 먹는 영국 디저트 '이튼 메스'는 강력 추천이다. 아주 쉽게 만들 수 있을 뿐 아니라 민트 가지를 꽂아서 와인 잔에 담아내면 환상적으로 보인다. 그리고 커피와 함께 먹는 치즈와 크래커로 마무리한다.

이런 코스 요리를 집에서 대접 받으면 그 어떤 까다로운 손님이라도 극찬을 아끼지 않을 것이다. 문제는 어울리는 식기를 공수하고 간단 조리법을 익히는 것이다. 집에 손님 초대하는 것을 두려워할 필요가 없다.

주방은 생산을 위한 조직적인 체계이고

시간과 돈을 가장 많이 절약하는 곳이다.

주방의 효율성을 올릴 수 있는 설계자는

대인관계, 업무추진, 학업 그 어떤 것도 불가능이 없다.

11장

실패 없는 주방 관리

준비에 실패하면 실패가 준비된다

몇 년 전에 꽤 많은 접시를 떨어뜨릴 뻔했다. 몹시 당황해 하는 나를 보고 남편은 특별히 롤링 스톤스 노래를 틀어주었다. 그 노래를 숱하게 들었지만, 그날은 마치 믹 재거(Mick Jagger)가 내게 무슨 말을 하려고 애쓰는 것처럼 느껴졌다.

Time is on my side……
시간은 내 편이다……

나는 이 말이 전해주는 느낌을 무척 좋아한다. 이 말을 인지하는 순간 시간이 바뀐 느낌이 든다. 사소하게 해야 할 일이 산더미처럼 쌓였다면 이런 마인드가 필요하다. 어쩌면 이런 마인드를 가지려고 필사적인 노력을 해야 하는 것인지도 모른다.

체중 감량에 관련해서도 마찬가지이다. 준비하는 능력이 곧 실패를 막는 주요한 비법이다. 만약 수납장이나 냉장고에 적절한 식재료가 준비되어 있지 않다면, 쉽게 다른 음식을 먹을 수는 있어도 최적의 식사는 할 수 없다. 원치 않는 성분이 잔뜩 들어간 인스턴트 제품을 먹고 마냥 불쾌감에 시달릴 것이다.

따라서 미리 음식을 준비하고, 항상 필요한 식재료를 가까이 두면 체중 감량에 큰 도움이 된다. 준비에 실패하면 실패를 준비하고 있는 거나 다름없다는 사실을 명심하자.

냉동실을 최대한 활용하라

냉동실 활용의 중요성은 아무리 강조해도 지나치지 않다. 시간과 돈을 절약해 주고, 최적의 식사를 하도록 도와주기 때문이다. 냉동실 관리는 체중 감량뿐 아니라 바쁜 일상생활에서도 내게 맞는 식사를 구현해 낼 수 있는 최적의 구원 투수이다. 무엇이 채워져 있는지 바로 알 수 있게 항상 깨끗하게 관리해야 한다.

먼저 냉동실을 깨끗이 비우고, 실제로 사용할 재료가 무엇인지 확인한다. 나중에 사용하려고 넣어 둔 식재료들을 잊어 버리면 자칫하다가는 음식쓰레기통처럼 변하기 쉽다. 냉동실 안에 오래 남아 있으면서 뭔지 알아 볼 수 없고 쓸 줄 모르는 게 있다면 모두 내다버려라.

냉동 상태에서 식재료의 가용 기간은 거의 모든 재료가 3개월을 넘기지 않는다. 설사 먹을 수 있다 하더라도 풍미나 맛, 효능 따위는 이미 사라진 지 오래이다.

남은 음식을 냉동할 때는 나중에 전체를 해동할 필요가 없도록 적당히 나누어 얼리는 정도의 지혜는 발휘하라. 냉동한 음식을 알아볼 수 있게 명칭과 날짜가 적힌 라벨을 붙이는 것도 잊지 마라.

과채류는 가장 신선할 때 얼려 보관만 잘하면 영양분을 대부분 그대로 보존할 수 있다. 나는 야채를 씻어 껍질을 벗기고 칼로 자른 다음 바로 얼리는 걸 좋아하는데, 신선한 제철 농산물을 얼려 두면 매번 손질해서 준비하는 번거로운 과정을 생략할 수 있어서 요리 시 부담을 덜 수 있다. 잠두콩, 완두콩, 꽃양배추, 당근, 브로콜리, 시금치, 껍질콩 등이 얼리기에 적합한 채소이다. 카레, 수프, 소스 또는 스튜 등 끓이는 요리를 할 때 쉽게 재료를 추가할 수 있어서 정말 좋다.

해마다 선진국에서는 사하라 사막 이남 아프리카 지역의 전체 식량 생산량과 비슷한 수준의 식량이 버려지고 있다(2억2천2백만 톤~2억3천만 톤).[1] 환경을 생각해야 하는 것은 이제 일부 환경주의자들의 운동이 아니라 우리 모두의 필수 과제이다. 환경 측면에서도 식량 낭비는 없어져야 할 폐해이다.

나는 가능한 한 유기농으로 최고 품질의 재료를 먹을 만큼만 사려고 심혈을 기울인다. 그리고 이런 유기농은 다른 농산물에 비해 빨리 시들기 때문에 얼른 손질해서 냉동하는 게 좋다. 내버려 두고 썩어서 못 쓰게 되는 것보다 훨씬 나은 일이다.

마찬가지로 남은 과일도 껍질을 벗긴 다음 칼로 썰어 얼리면 된다. 얼린 과일은 스무디에 넣어 사용하거나 뭉근히 끓여 콤폿이나 잼 또는 젤리를 만드는 데 사용할 수 있다. 혹은 얇게 썬 과일을 얼려 물이나 칵테일에 넣을 수도 있다.

빵도 먹다 남았다면 얇게 잘라서 냉동시켜 둔다. 나중에 토스트로 먹거나 빵가루로 만들 수 있다. 빵가루는 파스타 베이크 위에 얹거나 미트볼이나 패티 등에 저민 고기를 뭉치게 하는 용도로 아주 적합한 재료이다. 생선포나 닭가슴살을 계란물에 담근 다음 빵가루와 허브로 겉을 입혀 구워도 맛있는 요리가 된다.

유감스럽게도 요구르트와 통계란은 잘 얼지 않는다. 하지만 계란 흰자와 딱딱한 치즈는 냉동시킬 수 있다. 프랑스와 이탈리아에 갈 때마다 나는 고품질 치즈, 특히 파르메산 치즈를 사와서 강판에 갈아 얼려서 보관한다. 이렇게 하면 요리할 때 쉽게 치즈를 이용할 수 있다.

다진 생강과 마늘과 고추 등의 향신료도 얼려 두면 요리할 때 바로바로 꺼내 쓸 수 있어서 좋다. 고수, 파슬리, 바질 같이 연한 허브를 소프트버터에 으깬 마늘과 혼합한 다음 유산지에 싸서 얼려 둔다. 같은 방식으로 오일을 채운 얼음 트레이에 허브를 넣어 향미유를 만들어 둔다. 요리할 때 냉동실에서 꺼내 바로 사용하기에 좋다.

마지막으로 냉동실에 꼭 채워 넣어야 할 것은 집에서 직접 만든 육수이다. 나는 구운 닭고기 요리를 할 때마다 남은 뼈로 육수를 만들어 얼린다. 이 육수는 수프, 리소토, 쿠스쿠스나 파스타 요리 베이스로 안성맞춤이다.

냉동실을 최대한 활용하면 음식물을 낭비할 일도 줄어든다. 구입한 모든 식재료를 실제로 사용할 수 있도록 계획하고 체계화함으로써 돈까지 절약할 수 있다. 일단 냉동실에 공간이 생기면 미리 일주일치 식단을 짜고 준비할 타임이다.

온라인 식자재 배송은 아주 좋은 방법이다. 시간을 절약해 줄 뿐 아니라 정확히 자신에게 필요한 것만 구입한다는 점에서 돈도 절약할 수 있어서이다.

낭비를 줄이고 싶다면 과도하게 쇼핑하는 습관부터 없애야 한다. 필요한 시기에 필요한 만큼 신선 제품을 구입하는 게 좋다. 우리는 필요 이상 많은 물건을 구입하는 경향이 있다. 그 결과 많은 신선한 농산물이 쓰레기가 되어서 버려지고 있다. 저장용 재료에 해당하는 홀토마토나 밀가루, 쌀, 콩 등은 한 달에 한 번 재료를 점검하고 자신에게 맞는 양을 찾아나가는 것도 방법이다.

일주일치의 재료 손질

매주 나는 일주일 동안 먹을 음식을 미리 준비해 두려고 2시간을 따로 빼둔다. 긴 것처럼 여겨질 수 있지만 한 번만 부산을 떨면 일주일 동안 먹을 음식을 쉽게 장만할 수 있다. 우리는 일부러 시간을 내어 집안을 청소하거나 설거지를 하거나 좋아하는 TV 프로그램을 시청한다. 마찬가지로 나와 내 가족을 위해 식재료를 마련할 시간을 따로 빼두는 것은 결코 나쁜 선택이 아니다.

나는 요리를 하는 동안 음악이나 오디오북을 들으며 긴장을 푸는 것을 좋아한다. 그리고 서둘지 않고 천천히 만들어 맛보는 걸 좋아한다. 이런 행위를 따분하게 여기면 기분 좋은 일상은 어디론가 사라지고 말 것이다.

나는 보통 3가지 다른 요리를 한 패키지로 요리한 다음 따로따로 냉동시켜 둔다. 데워 먹기만 하면 되니까 편리하다. 영국 가정식에서 특히 내가 좋아하는 것은 포빈칠리(four-bean chilli)이다.

어떤 요리는 오븐을 쓰고 어떤 요리는 가스렌지를 쓰기도 하고 정말 많은 양을 만들 때도 있다. 토마토가 주렁주렁 달리는 여름에는 냉동에 적합한 간단한 파사타*와 가스파초**를 만들어 둔다. 홈무스***도 약간 만들고, 후추도 볶아서 해바라기유에 담궈 둔다. 홈무스와 후추는 둘 다 샐러드와 샌드위치에 풍미를 더해주는 역할을 한다.

샐러드용 채소도 미리 준비해서 냉장고에 넣어 두면 며칠은 신선도를 유지할 수 있다. 손질해 둔 샐러드 팩은 되도록 사지 않는 게 좋다. 맛도 별로인 데다가 신선하게 보이려고 무엇을 뿌려 놓았는지 일일이 확인하기 어렵다. 대신 씻지 않은 유기농 채소를 구입하는 편이 훨씬 좋다. 소금물에 한동안 잎을 담근 뒤 물기를 제거한 후 냉장고에 보관하면 된다.

마지막으로 그린 스무디 요리에 들어가는 재료들은 모두 칼로 썰어 따로따로 냉동시켜둔다. 바쁜 아침에 바로 꺼내 조리하기 편하다.

지금까지 설명한 것은 손쉽게 만들 수 있는 수프, 점심식사, 아침식사용 그린 스무디 등에 관한 준비이지만 사실 여기서 중요한 것은 그게 아니다. 가장 중요한 것은 가볍게 먹을 수 있는 맛있는 식재료를 항상 준비해 두는 것이다!

레몬케이크나 호박케이크 또는 스콘 등도 모두 냉동하기에 적당한 것들이다. 케이크를 냉동할 때는 나중에 꺼내 먹을 때를 생각해서

---

* passata: 길쭉한 홀토마토로 만드는 이탈리아 요리에 쓰이는 기본 소스.
** gazpacho: 완두콩, 피망, 토마토 등을 끓여서 식힌 다음 먹는 차가운 수프.
*** hummus: 다진 마늘과 으깬 병아리콩을 오일에 섞은 퓌레의 일종으로 주로 빵을 찍어 먹거나 다른 요리에 올려서 먹음.

하나씩 조각으로 포장해서 넣어둔다.

또 필수 구비 재료는 천연 요구르트이다. 천연 요구르트에 꿀과 으깬 견과류를 1티스푼 섞어 찻잔에 담아내면 언제든 먹어도 좋은 간단한 간식이자, 때로는 식사대용도 된다. 시리얼의 건강 버전 정도 된다.

마지막으로 좋아하는 과일을 그릇에 담아 항상 눈에 잘 보이는 곳에 둔다. 배고픔이 밀려올 때 토스트나 비스킷이 아닌 과일 한 조각을 먹는 습관을 들이면 몸에서 그 차이를 바로 느낄 수 있을 것이다. 지금은 주스나 스무디 형태로 간단히 먹거나 과일을 잘 먹지 않는 사람도 많지만 최고 품질의 과일을 구비해 두는 것은 정말 가치 있는 일이다. 껍질을 벗길 때의 자연향과 과육은 어디에서도 맡을 수 없고 맛볼 수도 없다. 제철 과일을 놓치지 않고 꼭 맛보고 계절을 보내는 것도 의미 있는 일이다.

필요한 것을 항상 구비해 두면 요리를 준비하는 시간이 일상의 즐거운 한 부분이 된다. 시간은 자기 것이라는 사실을 명심하라. 그러면 미리 음식을 준비하는 것이 놀랄 정도로 쉬워질 수 있다. 일단 삶에 이런 활동을 포함시키기로 마음먹는다면 이를 위한 시간도 따로 만들 수 있다. 적당한 시간을 따로 마련하고, 요리를 준비하라. 그러면 영양가 있는 음식을 충분히 먹으면서도 체중 감량을 위한 목표에 조금 더 다가갈 수 있을 것이다.

잘 되다가도 안 되는 날
휴일에 몰아서 폭식
반갑게 만나는 사람과 술 한 잔.
체중 감량을 망치지 않는 유일한 길은
욕구를 분출시키는 현명한 길을 찾는 것.

12장

먹는 쾌락을 포기하지 않아도 된다

비싼 간식을 사라

최근의 클린 이팅이 주도하는 다이어트 식단은 설탕이나 유제품 섭취를 금하는 방향으로 전개된다. 이 때문에 힘든 씨름을 하고 있는 사람들을 보면 남의 일 같지 않다. 나 역시 사탕과 케이크를 완전히 금하는 가정에서 성장했다. 때문에 균형과 절제가 어떻게 탐닉과 관련이 있는지 배운 적이 없었다. 집 안에 무엇이든 단 음식이 있으면 잘못한 것처럼 느껴졌다.

요즘도 집 안에 단 음식을 두지 말라고 주장하는 사람들이 제법 많다. 단 음식이 있어도 어차피 그건 먹지 말아야 할 음식이기 때문이다. 하지만 나는 그런 주장에 동의하지 않는다. 분별력 있게 단 음식을 즐긴다면 아무 문제가 되지 않는다! 진짜 중요한 것은 음식의 양이 아닌 맛의 차이이다. 어떤 음식이든 처음에 한두 입만 먹어도 충분히 맛을 느낄 수 있다는 사실을 명심해야 한다.

우리 집 앞 모퉁이에 있는 빵집은 가공되지 않은 천연 재료만 사용한다. 그 빵집의 대표 상품인 초콜릿 브라우니는 정말이지 나의 최애템이라고 해도 할 말이 없다. 하지만 레귤러 사이즈라 해도 상당히 큼지막하다. 다 먹으면 어떻게 되겠는가! 일단 절반으로 잘라서 남편 몫을 남기고, 남은 반쪽은 다시 한 입 크기로 세 조각을 낸다. 그리고 커피 한 잔을 끓이면서 브라우니 조각들을 접시 위에 올려놓는다. 그런 다음 한 조각씩 천천히 씹으면서 맛을 음미한다. 일주일에 최소한 두 차례 내가 내게 주는 즐거운 간식이다. 그냥 꿀꺽 삼키지 않고 브라우니의 맛을 천천히 음미한다. 물론 이 브라우니가 일주일 동안 내가 탐닉하는 유일한 음식인 것은 더 더욱 아니다.

거듭 강조하지만 중요한 것은 음식의 양이 아닌 질이다. 맛있는 유기농 초콜릿은 대량 생산된 일반 초콜릿바보다 훨씬 더 큰 만족감을 준다. 대량 생산된 간식 대신 직접 만들거나 수제로 만든 고급 간식을 산다면 적은 양으로도 큰 만족을 얻을 수 있다. 양이 적다는 것은 결국, 체중 감량와 가까운 길에 서 있다는 의미이다.

몇 주 전에 태어난 내 딸 클라우디아를 보기 위해 많은 손님들이 우리 집을 방문했을 때 나는 음식의 질 얼마나 중요한지 새삼 깨달았다. 손님들은 모두 저마다 먹을 것을 가져왔는데 한 친구가 벨기에 장인이 만든 고급 수제 초콜릿 한 박스를 가져왔다. 우리는 모두 그 품질과 맛에 놀라워했다. 하지만 풍부한 맛에 내용물도 알차게 들어 있었기 때문에 한두 조각 이상은 먹을 수 없었다.

마치 와인 애호가가 미각을 연마해 온 것처럼 질 좋은 고급 간식을 챙겨 먹다 보면 지나치게 인공적이며 단 맛이 강한 케이크, 비스킷,

사탕 등에 더 이상 손이 가지 않게 된다. 이건 간식의 수도 줄이는 방법이다. 나는 이제 예전에 즐겨 먹었던 대용량 과자를 더 이상 구입하지도 먹지도 않는다. 나와 아트풀 이팅으로 만나온 내 고객들도 마찬가지이다. 정 먹고 싶다면 꾹꾹 눌러 참지 말고 고급스럽고 비용이 부담스러운 수제 간식을 택하라. 먹고 싶은 욕구도 만족시키면서 서서히 간식을 끊게 되는 비법이다.

술은 어떡하라고

술도 마찬가지이다. 술을 좋아하는 사람은 반주로 한두 잔 하거나 좋은 안주거리와 함께 마시는 걸로 기준을 정하라. 술을 과하게 많이 마시면 당연히 과식이나 폭식으로 이어진다. 알코올은 우리의 통제력을 약화시키며 판단력에도 영향을 미친다. 과음하지 않도록 조심하면서 가능한 한 최고 품질의 와인을 사라. 더불어 다양한 포도와 품종에 대해 공부하는 것도 과음을 피하는 방법 중에 하나이다. 와인이 아니더라도 자기가 마시는 술에 대해 배우고, 다양한 맛을 실험해 보고, 한두 가지 칵테일을 만들어 자신만의 맛을 창출해 내는 것도 즐기는 방법이다.

달콤한 간식과 마찬가지로 뛰어난 맛을 가진 고급 술을 마셔 보고 의식적으로 즐기라고 말해 주고 싶다. 지금까지 우리는 이 책으로 본능에 따른 식사법을 익혔다. 즉 몸이 보내는 신호를 경청하며, 배가 고프면 음식을 먹지만 배가 부르면 먹는 것을 중단할 수 있는 사람이 되려고 노력 중이다. 본능에 따라 술을 마실 때도 마찬가지이다. 자신이 마시는 술의 양을 알고, 그 맛을 음미할 줄도 알아야 한다. 혀끝

이 술의 미묘한 맛을 기억할 수 있게 천천히 적당한 크기의 잔에 마시는 버릇을 들여라.

음식이 그릇 덕을 보듯이 술도 술잔의 덕을 본다. 친구나 가족과 같이 식사하면 모두 나를 보고 웃는다. 내가 고르는 술잔만 봐도 무슨 술을 마실 줄 알겠다는 거다. 크래프트 맥주는 크래프트 맥주 전용 잔에, 와인은 와인 잔에, 샴페인은 샴페인 잔에 마신다. 술은 분위기로 마신다는데 거기에 술잔이 한몫한다.

알코올의 한계를 이해하고, 자신에게 적절한 양을 즐길 수 있는 법을 깨우쳐야 한다. 마시는 속도를 늦추고, 술 마시는 동안에는 생수나 탄산수도 한 잔씩 마셔서 몸에 수분을 보충해 줘야 한다. 음주에서도 역시 균형을 잃지 않아야 한다. 식단에서 자기가 좋아하는 것을 없애면 오히려 과식이나 폭식을 초래할 수 있다. 이건 결코 우리가 원했던 결과가 아니다.

여기서 팁을 하나 주자면, 와인을 한 병 다 마시려고 애쓸 필요가 없다. 때로는 맛이 변할까 봐 와인을 오픈하면 다 먹으려는 경우가 있는데 이때는 코르크 마개를 새것으로 교체해서 단단히 막은 다음 냉장고에 넣어 보관하면 된다.

향이 풍부한 화이트와인의 경우, 잘 보관하면 최대 5일까지 맛과 향을 그대로 간직할 수 있다. 레드와인은 코르크를 교체하여 서늘하고 어두운 곳에 두면 3일에서 5일까지 가능하다. 라이트와인이나 로

제와인은 코르크를 교체해서 냉장고에 넣어두면 7일까지 멀쩡하다. 그러니 와인을 병째로 다 마셔야 한다고 고집 피우지 마라! 와인 병을 개봉할 때 라벨에 날짜를 적어 두는 걸 잊지 마라. 그래야 얼마나 오랫동안 냉장고에 보관했는지 알 수 있다. 그래도 남은 와인이 있다면 요리에 응용할 것.

만족스러운 체중 감량적 외식

최근에 생일을 맞은 친구가 있어서 만났다. 그녀는 헬스클럽 지인들을 데려왔는데, 나와는 초면이었다. 좋은 사람들이라 우리는 저녁 내내 웃음꽃을 피우며 즐거운 시간을 가졌다. 그녀들은 일주일에 네 차례 개인 트레이닝을 하고 있기 때문에 모두 탄탄하고 건강해 보였다. 유심히 보니 다들 샐러드를 주문하면서 사이드 메뉴를 기피하고 있었고, 디저트를 권하자 모두 기계적으로 "아니, 괜찮아요."라고 말했다.

하지만 나는 프로피테롤*을 주문했다. 그러자 한순간에 분위기가 돌변했다. 마치 내 주문이 그녀들도 디저트를 즐기라고 허락해 준 것 같았다. 우리는 2인분을 주문해서 다 같이 나눠 먹었다. 프로티테롤은 정말 맛있었고, 과식하지 않고 끝낼 수 있었다. 이런 외식이야말로 권장 받아 마땅하다. 절제하면서 자신이 좋아하는 음식을 조금씩 즐기는 것이 그 음식을 피하려다가 오는 폭식을 막는 길이기 때

---

* profiterole 달고 짭짤한 슈 크림을 채운 페이스트리.

문이다.

외식할 때 먹고 싶은 건 무엇이든 주문해도 괜찮다! 나는 다양한 맛과 향을 좋아하고, 요리도 좋아하고 사람도 좋아한다. 외식도 잦고 모임도 많고 친구도 집으로 자주 부른다. 여러 사람이 모일 때면 항상 스타터와 메인 코스와 디저트를 전부 주문한다. 하지만 '식사하는 방식'만큼은 아트풀 이팅을 고수한다. 천천히 먹으면서 맛을 음미하지만 접시에 있는 음식을 절대 다 먹지 않고 다음 코스를 위해 여지를 남겨둔다. 외식할 때 반인분만 먹는다고 생각하면 피할 게 없다. 접시에 선을 그어라. 딱 그 정도 양만 먹으면 체중 감량에 도움이 되는 외식을 할 수 있다.

또한 배고픔의 정도를 항상 기억하고 있어야 한다. 기분 좋은 포만감, 앞에서 배웠던 3~6단계 사이의 충족감을 잊지 마라. 음식의 맛이란 처음 몇 입 베어 물었을 때 결정된다. 그러면 과식으로 인한 죄책감 없이 외식을 충분히 즐길 수 있다. 이제 디저트를 억지로 피하지 말고 즐겁게 나눠 먹어라.

살을 빼려고 애쓰는 많은 사람들이 어떻게 사교 활동을 모조리 피할 수 있겠는가! 방법은 아트풀 이팅에서 계속 외치는 '자기가 먹고 싶은 것을 절제하면서 먹는' 균형을 잡는 것이다. 고급 레스토랑이든 골목길 디저트 카페든 외식은 우리가 누리는 소소한 즐거움이자 사치이다. 피하지 말고 즐겨라!

휴가철에 폭망하지 않는 법

사랑하는 내 친구 클로이는 매년 여름휴가를 앞두고 날씬해진다. 아주 열심히 운동하고 식사량도 조절해서 체중을 많이 줄인다. 하지만 일단 휴가를 떠나면 그녀는 돈을 물 쓰듯 쓰면서 마음껏 먹고 마신다. 당연히 감량한 체중은 원래 상태로 돌아오는데, 실제로는 살이 더 쪄서 온다. 클로이는 함부로 탐닉하면 어떤 결과가 오는지 보여주는 완벽한 사례이다. 물론 클로이는 이 글을 읽는 당신일 수도 있다!

많은 사람들이 수영복이나 노출이 심한 여름옷 때문에 다이어트를 새삼 결심한다. 불편한 시선을 받느니 차라리 안 먹는 고통을 택한다. 그러나 휴가나 여행은 먹는 게 가장 중요한 일정 중에 하나이다. 긴장을 푸는 시간이기 때문이다. 수영복과 노출 있는 옷을 입으려고 굶었던 사람이 여기서부터 절제력을 잃고 과식에 돌입한다. 그 결과 힘든 체중 감량은 모두 무용지물이 되고, 다이어트를 시작할 때보다 더 살이 쪄서 돌아온다. 이는 균형을 잃고 비틀거리게 만드는 암초가 생활 곳곳에 숨어있음을 의미한다.

프랑스로 여름휴가를 갔을 때 나 또한 이런 위험에 빠질 뻔했다.

매일같이 아침 식사에 프랑스 바게트와 페이스트리, 크루아상이 등장했다. 신선한 프랑스 현지 빵은 영국 슈퍼마켓에서 파는 바게트와 비교할 수조차 없었다. 더 말랑말랑하고, 더 많이 씹히며, 훨씬 더 소화가 잘 되는 빵이었다. 무엇보다 맛이 월등했다. 매일 아침 나는 선택의 기로에 섰다. 대다수의 체중 감량에서 금기 물질인 탄수화물을 건너뛰기 힘들었다. '휴가 중이니까 다 먹을 거야.'라고 생각했을까, 아니면 내가 좋아하는 음식을 '적당히' 즐기는 제2의 선택을 했을까. 답은 이미 정해져 있다.

매일 아침 나는 정확히 크루아상 반쪽과 맛있는 작은 바케트 한 조각을 즐겼다. 오후에 빵과 마주칠 때는 곧 있을 저녁 식사를 위해 사랑스러운 눈길만 보냈다. 휴가의 또 다른 함정은 '나는 휴가 중이야, 그러니 저걸 먹어도 괜찮을 거야!'라는 생각이다. 이는 돌이킬 수 없는 길에 들어서는 신호이다. 균형을 깨뜨린다는 자각 없이 감자칩이나 아이스크림 또는 음료수 등을 물고 다니기 십상이다.

평소에도 그렇지만 휴가 중일 때에도 항상 균형에 대해 생각하고 있어야 한다. 만약 달콤한 간식을 먹고 싶다면 그 간식 대신 수박이나 오렌지 등의 과일을 먹는 게 낫다. 무엇을 하든, 어디에 있든 자신이 무엇을 먹고 있는지 염두에 두어야 한다.

그리고 양을 계산하고 다녀라. 그렇게까지 해야 하니, 여행 왔는데 같이 맛있게 먹자, 이런 말에 현혹되지 말라. 그들도 당신이 허리

띠를 풀고 추한 모습을 보이면서 먹는 것을 바라지는 않는다. 자신이 좋아하는 음식을 먹되, 적당히 먹는 기준을 세워야 한다. '눈이 배보다 크다'는 말을 명심하라. 보이는 대로 다 먹으려 해서는 안 된다.

여행은 단순히 다양한 요리뿐만 아니라 색다른 삶의 맛도 음미할 수 있는 기회이다. 그해 나의 프랑스 여행은 아름다운 해변 마을을 관광하면서 경치를 즐기고 차분히 생각하며, 책을 읽을 수 있는 정신적인 여유를 갖게 해주었다. 밖으로 나가 돌아다니기에도 좋은 시간이었다. 가능한 한 많은 장소를 걸어서 돌아다니도록 하라. 휴가 기간에 더 많이 구경하고, 더 많이 활동적으로 움직이면 식사량을 다소 늘려도 균형을 잡는 데 아무 문제가 되지 않는다. 휴가는 소중한 사람과 소중한 시간을 보내는 게 목적이 되어야지 먹는 행위 자체가 목적이 되어서는 안 된다.

충족감을 기억하라

설령 주말에 과식을 했다 하더라도 초조해 하거나 죄책감을 느낄 필요가 없다. 단지 '월요일에 다시 시작할 거야.'라는 말만 하지 말라. 그런 월요일은 오지 않는다. 삶에는 기복이 있기 마련이다.

해결책은 아주 간단하다. '이만하면 충분하다'에 초점을 맞추고 습관화하는 것이다. 완벽함을 추구하면서 매번 새로 시작할 결심만 하는 것보다 자신의 충족감을 아는 선에서 멈추는 게 훨씬 현명하다. 나도 보통 주말에 와인 한두 잔을 즐기며, 손님을 초대하거나 외식을 하기 때문에 식탐을 부리기 쉽다. 그래서 기름진 음식을 많이 먹을 경우 이를 보충하기 위해 이튿날에는 가볍게 먹으려고 노력한다. 점심으로 샐러드를 먹고 저녁에는 푸짐한 식사 대신 수프를 먹는 식이다. 하루 동안 가볍게 먹는 건 그리 어려운 일이 아니다.

설령 과식이나 폭식을 하더라도 자신에게 관대해야 한다. 엄격한 잣대가 결심을 무너뜨리고, 실행을 미루게 만든다. 단지 하루를 계속 즐기면서 나중에 다시 상쇄해야 한다는 사실만 기억하면 된다.

탐식과 식탐을 구별하기

모든 사람이 자기가 좋아하는 음식 하나 정도는 포기하지 못하고 탐한다. 특히 자기를 잘 대접하고 싶을 때, 위로받고 싶을 때 그 음식이 생각나는 건 어쩔 수 없다. 이럴 때도 앞의 경우들처럼 유연한 허용이 필요하다.

자신이 좋아하는 음식을 조금은 탐해도 괜찮다. 음식을 향해 돌진하려는 자신을 달래는 데 이만한 카드가 없다. 여기서 주의할 점은 과식이나 폭식을 하라는 것이 아니라 적당히 음식을 탐하라는 것이다. 배고픈 정도를 숙지하면 '적당히'라는 말을 알 수 있다.

그러나 자신이 배고픈 정도를 잘 모른다면 그 탐식은 식탐으로 뒤집히고 만다. 배고플 때 먹고 배부를 때 먹는 것을 멈추면 될 일이다. 음식에 대한 갈망을 나쁜 것으로 치부할 필요가 없다. 음식만큼 우리를 위로하는 것도 없다. 다만 식탐을 부려서 과식하고, 죄책감을 느끼고, 체중이 불어나고, 포기하는 일련의 과정을 머릿속에 미리 그려두기 때문에 음식을 탐하는 것이 '나쁜 것'이 되어버린다.

죄책감을 느끼는 대신 음식을 즐기면서 자신을 대접한다는 좋은 기분을 유지하라. 자기가 좋아하는 음식을 친구나 가족처럼 대하라. 친숙하지만 적당한 거리를 두고 존중하는 관계를 만들라는 뜻이다. 건전한 관계를 형성하는 것은 그 음식을 더 이상 과식하거나 폭식하지 않는 것을 의미한다. 음식에 구속되지 않고, 마음껏 누리는 길이 바로 그런 적당한 거리감에 있다. 아트풀 이팅을 실천하는 사람들은 이러한 사고를 통해 음식과 맛의 자유를 누릴 수 있는 변화에 제일 놀라워한다.

음식과 거리두기

식욕이 폭발할 때는 다음과 같이 행동한다.

- 그 음식을 먹고 싶은 욕망을 외면하지 말고 인정한다. 먹고 싶은 것은 사실이니까.
- 배고픈 정도를 체크한다.
- 3~6단계 사이면 곧바로 먹는다!
- 배가 고프지 않으면 배가 고플 때 먹는다는 원칙을 지켜라.
- 입밖에 소리 내어 말하라. "지금 배가 고프지 않아서 이걸 안 먹겠어." "가공식품이잖아, 먹지 마."라고 자신에게 말하면서 경각심을 일깨워라.

그래도 먹고 싶은 유혹을 참기 힘들면 다음으로 넘어간다. 아예 차단하는 방법이다.

- 식탁을 떠나 다른 즐거운 일을 한다.
- 허브 차를 만들거나 물을 한 잔 마신다.

- 이를 닦는다.
- 마스크를 착용한다.
- 샤워를 한다.
- 친구에게 전화를 건다.
- 애완동물이 있다면 애완동물과 놀면서 시간을 보낸다.
- 무언가를 정리한다. 손을 움직이거나 몸을 움직일 거리를 찾는다.
- 좋아하는 블로그를 읽거나 인터넷 서핑을 한다.
- 가드닝을 하거나 느긋하게 휴식을 취한다. 먹는 것을 잊어 버리고 새로운 즐거움을 가져다주는 일을 한다.
- 운동은 음식에 대한 갈망을 잊게 하고, 식욕도 억제하는 좋은 방법이다. 산책을 하거나, 3분 동안 줄넘기나 훌라후프를 한다.

어떻게 조금 먹나

Q. 내가 정말 배가 부른지 어떻게 알 수 있을까?

흉곽 바로 아래의 명치에 위치한 하나의 조직이 있는데 이는 위장으로 가는 음식물의 흐름을 조절하는 근육이다. 대다수는 이 근육이 그렇게 잘 발달되지 않았다. 하지만 배고픈 정도를 재는 데 익숙해지고, 신체 감각이 더 예민해진다면 충분히 먹었을 때 이 근육이 음식물을 차단하는 느낌이 들게 된다. 이 근육이 보내는 신호를 평소에 잘 연마하라. 포만감을 알려 주는 신호가 더 강렬해질 것이다. 그리고 명심할 것은, 배가 불렀다는 느낌이 들면 과감히 접시를 치우는 것이다! 그러다가 배고픔이 다시 느껴지면 그때 바로 먹으면 된다.

Q. 다이어트식을 계속 먹어야 하나

배가 고플 때 자유롭게 먹는다고 결심하고 실행해도 원하는 걸 뭐든 먹어도 된다는 사실에 다소 불안을 느끼는 사람들도 많다. 여전히 '다이어트 상태'에 있을 때처럼 다이어트식을 먹어야 할 것 같은 생각이 들기 때문이다. 과연 다이어트에 좋다는 음식을 계속 먹어야 할까?

당연히 그럴 필요가 없다! 지금쯤 다이어트가 소용없다는 사실을 깨달았을 것이다. 억지로 먹어야 하는 다이어트식 말고 원하는 음식을 먹는 쪽으로 전환하는 게 훨씬 좋다. 중요한 것은 몸이 무엇을 얼마나 필요로 하는지 인식하고 거기에 적응하는 것이다.

Q. 여전히 음식을 남겨두기가 힘들다면?

접시에 음식을 남기고 또 그걸 실천할 수 있는 길은 마음의 단련뿐이다. 언제든 다시 먹을 수 있다고 끊임없이 계속 속삭여라. 자신을 타인처럼 대하면 도움이 된다.

만약 어린아이가 눈앞에 음식을 배가 부른데도 다 먹어치우려고 덤빈다면 아마 말리면서 이렇게 말할 것이다.

"나중에 먹을 수 있어. 언제든 네가 원하면 꺼내 줄게."

그걸 자기 자신에게 하는 거다. 처음에는 적당히 음식을 남기는 것이 다소 어려울 수 있다. 하지만 자기 몫의 음식을 다 먹지 않도록 마음을 단련시키는 수밖에 없다. 음식을 남기면서 꿈꾸던 자신의 몸에 한 발자국 더 다가갔다고 생각해야 한다. 앞서 배웠던 시각화의 방법을 떠올리고 의욕을 다시 불태워라. 남긴 음식을 아까워하지 말고 남기기 전에 반을 갈라서 냉장고에 넣어 두는 것도 하나의 방법이다. 만약 사과 한 개를 먹으려 한다면 사과를 반으로 자른 다음 다른 반쪽을 냉장고에 넣어라. 물론 그 사과 반쪽은 언제든 내가 배고플 때 꺼내먹을 수 있는 반쪽이다.

Q. 나는 왜 항상 배가 고픈 느낌일까?

그런 사람은 감정적 문제를 안고 있을 가능성이 크거나 6장에서 다룬 개인의 스토리를 긍정적으로 발전시키지 못한 사람일 수 있다. 개인 스토리로 돌아가 다시 살펴보자. 음식으로 채우려고 애쓰는 공허한 느낌의 근본적인 원인을 파악해야 한다. ABC 시트에서 A시트(Activating Trigger)를 배고픔으로 표시하고 작성해라. 이를 통해 배고프다는 증상에 초점을 맞추는 대신 이 문제의 근본적인 원인을 스스로 파악할 수 있을 것이다.

Q. 때때로 예전 식습관으로 돌아가곤 한다면?

그럴 수도 있다. 오래된 습관에서 벗어나 건강한 새로운 습관을 익히려면 시간이 걸리기 마련이다. 실제로 배가 고프지 않음에도 불구하고 무언가를 마구 먹고 싶은 갈망이나 충동을 경험한다면 ABC 시트를 작성하면서 원인을 찾아라.

식탐을 이기지 못해 음식을 먹게 되는 경우도 있다. 이럴 때는 절반만 먹는 연습을 계속 하면서 천천히 맛을 음미하면서 먹도록 한다. 죄책감을 느끼면서 후다닥 음식을 삼키지 말고 '자신을 대접한다'는 태도로 먹어라. 천천히 음식을 맛을 즐길 겨를도 없이 음식을 꿀꺽 삼킬 때 오히려 과식의 위험에 처하게 된다.

Q. 술을 좋아하는데 계속 살을 뺄 수 있을까?

여기서 분명히 짚고 넘어갈 것은, 알코올 과다 섭취가 불만족스러운 몸매의 주된 이유가 아니라는 것이다. 사실 마른 몸을 가진 알코올 중독자들도 많다. 과도한 음주의 진짜 문제는 체중 증가가 아니라 우리의 몸과 마음에 미치는 영향이다. 술은 종종 긴장을 풀어헤쳐 무의식적으로 삶에서 일어나는 상황을 회피하기 위한 수단으로 사용되기도 한다.

이 책의 처음부터 끝까지 우리가 얻은 것들을 생각해라. 우리는 단순한 체중 감량이 목표가 아니었다. 삶의 근본적인 문제를 해결하고 새로운 긍정적인 습관과 행동을 익히려고 여기까지 읽었다. 즉, 술 때문에 체중 감량에 실패한다는 생각은 일종의 핑계일 가능성이 크다. 우리는 지금 삶을 전환하려는 중이다.

Q. 잘 해오다가 주말이 껴서 망친다면?

인생은 종종 훼방꾼이 찾아온다. 생일 파티, 친구 모임, 업무 폭주의 일주일 등등 스스로 어떻게 할 수 없는 일들이 벌어지는 게 인생이다. 우리가 할 수 있는 건 이런 시간에도 자신의 능력을 최대한으로 발휘할 수 있게 마인드 콘트롤을 하는 것뿐이다. '이만하면 충분하다'라는 말을 잊지 마라. 단순히 다이어트에 '좋은 것' 또는 '나쁜 것'으로 구분하는 대신 '이만하면 충분하다'라는 태도를 갖기 위해 노력하길 바란다. 이것이 바로 최적의, 더 나아가 지속 가능한 마음 상태이다. 물론 실수할 수도 있고 도움이 되지 않는 과거의 행동으로 다시 돌아갈 수도 있다.

정작 중요한 것은 그 다음에 무엇을 하느냐이다. 스스로 자책하면서 실패자의 기분을 갖는 대신 자신이 만든 긍정적인 변화, 자신에게 발생한 놀라운 변화에 집중하라. 항상 완벽할 수 없음을 인식해야 한다. 이제는 어떤 상황이, 어떤 이유로 발생했는지 알 수 있게 해주는 다양한 지식과 기술과 도구를 갖추고 있다. 어떤 상황이 발생했는지 알고, 그것을 의식하며 하던 대로 계획을 실행해 나가라.

Q. 정체기에는 어떻게 해야 할까?

스스로에게 질문해라.

실제로 배고플 때만 먹고 있는가?

먹어야 한다고 생각하는 음식 대신 먹고 싶은 음식을 먹고 있나?

천천히 음식을 먹으면서 한 입 먹을 때마다 그 음식을 즐기라는 아트풀 이팅 식사법의 단계들을 활용하고 있나?

배고픔의 정도를 알고, 포만감이 느껴질 때 먹는 것을 멈추는가?

절반만 먹는 것을 시작하고, 접시에 음식이 남아 있어도 다시 배고프면 먹어야지, 하면서 치우나?

이 모든 질문들에 대해 정직하게 '네'라고 답할 수 있다면 음식을 먹는 속도를 더 늦춰라. 뇌에서 배가 불렀다는 신호를 위에 전달하기까지 어느 정도 시간이 걸릴 수 있다. 항상 먹을 때에는 여유 있게 시간을 갖고 먹는 게 좋다.

위는 얼마나 많은 음식을 넣느냐에 따라 수축하고 팽창한다. 예전에 너무 빨리 음식을 먹었다면 충분히 먹었다는 신호를 받지 못했을 가능성이 크다. 그 결과 위는 더 많은 음식을 넣어줘야 포만감을 느끼도록 늘어났을 것이다.

실제로 먹는 속도를 늦추기 시작하면 먹는 동안 무얼 먹는지 의식이 된다. 또한 자신의 몸과 마음이 포만감을 느낄 시간도 생긴다. 하지만 우리의 몸은 적응력이 매우 뛰어나서 어쩌면 지금쯤 느린 속도로 먹는 것에 너무 익숙해진 나머지 또다시 몸이 보내는 신호에 귀를 기울이지 않고, 자신이 필요로 하는 것보다 더 많은 음식을 먹고 있는지도 모른다. 생각보다 훨씬 더 느린 속도로 음식을 먹어야 하는 이유도 이 때문이다.

48시간 킥 스타터를 떠올려 보자. 생명을 유지하기 위해 얼마나 많은 것을 필요로 하는지 스스로 인식할 수 있었던 프로그램이다. 먹는 속도를 훨씬 더 늦춤으로써 얼마나 많은 양의 음식을 먹는지, 자기 몸의 연료 공급을 위해 실제로 얼마나 많은 양의 음식을 필요로 하는지 더 확실히 알게 될 것이다. 또한 몸이 보내는 포만감 신호와 보조를 맞출 수 있다. 이 간단한 한 가지를 실행에 옮김으로써 자신의 몸이 나가는 방향을 알 수 있다.

마지막으로, 체중 감량의 속도가 만족스럽지 않다면 주말이나 외식할 때를 제외하고 오후 7시 이후에 먹지 않는 것을 원칙으로 정하길 권한다. 이렇게 하면 당신이 먹는 음식의 양을 쉽게 줄일 수 있다. 그렇다고 이 원칙의 노예가 되거나 식사를 거를 필요는 없다. 다만, 오후 7시 이전에 자신이 원하는 음식을 먹고(적정량, 폭식 아님) 그 이후에 음식을 먹지 않으면 체중 감량의 차이가 확실히 느껴질 것이다.

마음만이 우리를 지켜 줍니다

몸에 관한 열등감이나 먹는 것에 대한 두려움은 누구에게도 말하기 어려운 지극히 사적인 영역이죠. 전문가의 상담이 필요할 때도 있지만 그렇게 할 엄두도 못 낼 때 이 책이 도움이 되었으면 합니다.

이 긴 여정의 끝은 결국 새로운 인생을 살고 싶은 우리 모두의 마음에 닿아 있습니다. 지겹도록 평생 다이어트를 해야 했던 사고방식을 바꿀 수 있게 작은 변화를 일으키는 것이 저의 목표였습니다.

아트풀 이팅이라는 여정을 여러분께 소개했지만 이는 결국 잘 먹고 잘 사는 법을 말한 것입니다. 5년 후 누구와 함께, 무슨 일을 하고 있으며, 무엇을 원하고, 무엇을 먹고 즐기고 있을까요? 당장 바꾸기 힘들다면 지금부터는 5년 후를 생각해 보세요. 그 모습을 상상하면서 다시 자신만의 아트풀 이팅에 도전하길 바랍니다.

건강은 소중하고 건강을 지켜내는 건 다름 아닌 심리적 충족감입니다. 마음 말고는 아무도 우리를 지켜 줄 수 없어요. 이 모든 걸 해내는 것은 당신의 마음이고 잘 해낼 거라고 믿습니다.

'Love Yourself'

자기 자신을 사랑하라는 이 말이 요즘 가장 핫한 말이 아닐까 싶습니다. 전 세계를 휩쓴 BTS의 메시지로 새삼 부각되었지만, 함부로 바깥생활을 할 수 없는 코로나 시대를 겪으면서 그 진정성을 더욱 실감합니다. 이 책의 저자 멜빈 박사의 주장도 바로 이 'Love Yourself'로 귀결된다고 할 수 있습니다. 심리학자이자 정신분석학자인 멜빈 박사는 올바른 체중 감량을 알려주겠다면서 책의 처음부터 끝까지 자신을 사랑하는 방법을 가르치고 있는 것 같습니다.

체중을 줄이기만 하는 건 다이어트도 아니라고 하는군요. 순간 감량은 반드시 요요현상을 동반하게 됩니다. 그렇다면 어떻게 먹고 어떻게 움직이고 어떻게 살아가야 하는 걸까요? 라이프 스타일 전반을 다 바꾸라고 합니다. 질 좋은 음식으로 만족감을 주면서 양을 조절하는 게 습관화되면 평생토록 꾸준한 체중 감량이 가능하다는 것입니다. 또한 헐렁한 옷도 다 내다버리고, 좋은 옷 한두 벌만 갖고 있으라고 합니다. 요리를 잘 못해도 해 먹으려고 노력하고, 손님도 집으로 자주 불러서 인생을 즐기라고 합니다. 한마디로 자신을 한껏 사랑하라는 것입니다. 그러다 보면 체중이 감량되면서 건강하게 살 수 있는 길로 들어선다고 합니다.

심리학적 관점에서 체중 감량을 다룬다는 점에서 무척 흥미로운 책입니다. 과거에 어떤 일이 있었든, 현재의 몸이 날씬하든 뚱뚱하든 이 책의 방향대로 한 번 해보는 것도 좋겠다는 생각이 듭니다. 내 마음대로 되지 않았던 인생이 마음먹기에 따라 얼마나 달라질 수 있는지 실감하실 수 있을 겁니다. 늘 다이어트를 하면서 사는 요즘 시대에 어쩌면 역설적이게도 '더 이상 다이어트는 하지 않는다'는 이 책이 다이어트의 패러다임을 바꾸는 계기가 될지도 모르겠습니다.

참고문헌

프롤로그

1. Traci Mann et al., 'Medicare's search for effective obesity treatments: Diets are not the answer', American Psychologist, 62/3 (2007), 220–33.
2. Nielsen, We Are What We Eat: Healthy Eating Trends from Around the World (2015)〈https://www.nielsen.com/content/dam/nielsenglobal/eu/nielseninsights/pdfs/Nielsen%20Global%20Health%20and%20Wellness%20Report%20-%20January%202015.pdf〉.

1장

1. Engage Mutual Assurance, Cost of Dieting (23rd July 2012)〈https://www.onefamily.com/our story/media-centre/2010/cost-of-dieting/〉.
2. Ruben Meerman and Andrew J. Brown, 'When somebody loses weight, where does the fat go?', British Medical Journal, 349: g7257 (2014).
3. Traci Mann et al., 'Medicare's search for effective obesity treatments: Diets are not the answer', American Psychologist, 62/3 (2007), 220–33.
4. R.L. Leibel et al., 'Changes in energy expenditure resulting from altered body weight', New England Journal of Medicine, 332 (1995) 621–8.
5. Marie Ng et al., 'Global, regional, and national prevalence of overweight and obesity in children and adults during 1980–2013: a systematic analysis for the Global Burden of Disease Study 2013', The Lancet, 384/9945 (2014), 766–81.
6. P. Gulati et al., 'Fat mass and obesity-related (FTO) shuttles between the nucleus and cytoplasm', Bioscience Reports, 34/5 (2014).
7. Neha Alang and Colleen R. Kelly, 'Weight Gain After Fecal Microbiota Transplantation', Open Forum Infectious Diseases, 2/1 (2015), doi: 10.1093/ofid/ofv004.
8. S. Hameed et al., 'Thyroid Hormone Receptor Beta in the Ventromedial Hypothalamus Is Essential for the Physiological Regulation of Food Intake and

Body Weight', Cell Reports, 19/11 (2017), 2202-9.

2장

1. Jaymi McCann, 'Takeaway UK: Average Brit is now spending £1,320 a year on fastfood buying 12 meals every month', Daily Mail (4 April 2013) 〈http://www.dailymail.co.uk/news/article-2303861/Takeaway-UK-Average-Brit-spending-1-320-year-fastfood-buying-12-meals-month〉.
2. World Health Organization, Global Health Risks (2009), 〈http://www.who.int/healthinfo/global_burden_disease/GlobalHealthRisks_report_part2.pdf〉.
3. Roy F. Baumeister and John Tierney, Willpower: Rediscovering the Greatest Human Strength (New York: Penguin, 2011).

3장

1. Srinivasan S. Pillay, Life Unlocked: 7 Revolutionary Lessons to Overcome Fear (New York: Rodale Press, 2010).
2. F. Thielecke et al., 'Determination of total energy expenditure, resting metabolic rate and physical activity in lean and overweight people', Z Ernahrungswiss, 36/4 (1997), 310-12.
3. Timothy S. Church et al., 'Effects of different doses of physical activity on cardiorespiratory fitness among sedentary, overweight or obese postmenopausal women with elevated blood pressure: a randomized controlled trial', JAMA, 297/19 (2007), 2081-91; E.J. Dhurandhar et al., 'Predicting adult weight change in the real world: a systematic review and meta-analysis accounting for compensatory changes in energy intake or expenditure', International Journal of Obesity, 39/8 (2015), 1181-7.

5장

1. Mark Hyman, Eat Fat, Get Thin: Why the Fat We Eat Is the Key to Sustained Weight Loss and Vibrant Health (New York: Little, Brown and Company, 2016).
2. S. Vandevijvere et al., 'Increased food energy supply as a major driver of the obesity epidemic: a global analysis', Bulletin of the World Health Organization, 93 (2015), 446-56.

3. Mark Hyman, The Blood Sugar Solution (New York: Little, Brown and Company, 2012).
4. Joanna Blythman, Swallow This: Serving Up the Food Industry's Darkest Secrets (London: 4th Estate, 2015).
5. Jamie's Sugar Rush (Channel 4) 〈http://www. channel4.com/programmes/jamies-sugar-rush〉.
6. Robb Dunn, 'Science Reveals Why Calorie Counts Are All Wrong', Scientific American (1 September 2013) 〈https://www.scientificamerican.com/article/science-reveals-why-calorie-counts-are-all-wrong/〉; Blythman, Swallow This.
7. Brian Wansink et al., 'Slim by Design: Kitchen Counter Correlates of Obesity', Health, Education & Behavior, 43/5 (2016), 552–8.

7장

1. Marc David, The Slow Down Diet: Eating for Pleasure, Energy, and Weight Loss (Vermont: Healing Arts Press, 2015).
2. G. P. Smith, 'The Satiety Effect of Cholecystokinin: Recent Program and Current Problems', Annals of the New York Academy of Sciences, 448/1 (1985), 417–23.
3. Elizabeth Somer, Food & Mood: The Complete Guide to Eating Well and Feeling Your Best (New York: Holt Paperbacks, 1999), 20–3.
4. Ibid., 23–5.
5. Brian Wansink, Mindless Eating: Why We Eat More Than We Think (London: Hay House, 2011).

8장

1. Shawn Achor, The Happiness Advantage: The Seven Principles of Positive Psychology that Fuel Success and Performance at Work (London: Virgin Books, 2011).
2. Martin E. Seligman et al., 'Positive Psychology Progress: Empirical Validation of Interventions', American Psychologist, 60/6 (2005), 410–421; Martin E.P. Seligman, Authentic Happiness: Using the New Positive Psychology to Realize your Potential for Lasting Fulfillment (Boston: Nicholas Brealey Publishing, 2003).
3. M. Goyal et al., 'Meditation Programs for Psychological Stress and Well-being: A Systematic Review and Meta-analysis', JAMA Internal Medicine, 174/3 (2014), 357–68.
4. F. Zeidan et al., 'Mindfulness meditation improves cognition: Evidence of brief

mental training', Consciousness and Cognition, 19/2 (2010), 597 – 605.

5. Richard J. Davidson et al., 'Alterations in Brain and Immune Function Produced by Mindfulness Meditation', Psychosomatic Medicine, 65/4 (2003), 564 – 70; W.W. Thaddeus et al., 'Effect of Compassion Meditation on Neuroendocrine, Innate Immune and Behavioural Responses to Psychosocial Stress,' Psychoneuroendocrinology, 34/1 (2009), 87 – 98.
6. D.M. Levy et al., 'Initial results from a study of the effects of meditation on multitasking performance', CHI '11 Conference on Human Factors in Computing Systems – Proceedings (2011), 2011 – 16.
7. Luders, Eileen et al., 'The Underlying Anatomical Correlates of Long-Term Meditation: Larger Hippocampal and Frontal Volumes of Gray Matter', NeuroImage, 45/3 (2009), 672 – 8.
8. E.R. Albertson et al., 'Self-Compassion and Body Dissatisfaction in Women: A Randomized Controlled Trial of a Brief Meditation Intervention', Mindfulness, 6/3 (2015), 444 – 54.
9. M. Boschmann et al., 'Water-induced thermogenesis', Journal of Clinical Endocrinology and Metabolism, 88/12 (2003), 6015 – 19.
10. J.E. Gangwisch et al., 'Inadequate sleep as a risk factor for obesity: analyses of the NHANES I', Sleep, 28/10 (2005), 1289 – 96.
11. A. Spaeth et al., 'Effects of Experimental Sleep Restriction on Weight Gain, Caloric Intake, and Meal Timing in Healthy Adults', Sleep, 36/7 (2013), 981 – 90.
12. Sunil Sharma and Mani Kavuru, 'Sleep and Metabolism: An Overview', International Journal of Endocrinology (2010), doi:10.1155/2010/270832.
13. A.V. Nedeltcheva, et al. 'Insufficient Sleep Undermines Dietary Efforts to Reduce Adiposity', Annals of Internal Medicine, 153/7 (2010), 435 – 41.
14. P.S. Hogenkamp et al., 'Acute sleep deprivation increases portion size and affects food choice in young men', Psychoneuroendocrinology, 38/9 (2013), 1668 – 74.
15. Robert E. Thayer, Calm Energy: How People Regulate Mood with Food and Exercise (Oxford: Oxford University Press, 2003).
16. L. DiPietro et al., 'Three 15-min Bouts of Moderate Postmeal Walking Significantly Improves 24-h Glycemic Control in Older People at Risk for Impaired Glucose Tolerance', Diabetes Care, 36/10 (2013), 3262 – 8.

17. C. Esteban et al., 'Influence of changes in physical activity on frequency of hospitalization in chronic obstructive pulmonary disease', Respirology, 19/3 (2014), 330 – 8.
18. Kirk I. Erickson et al., 'Exercise Training Increases Size of Hippocampus and Improves Memory', Proceedings of the National Academy of Sciences of the United States of America, 108/7 (2011), 3017 – 22.
19. P. Gordon-Larsen et al., 'Fifteen-year longitudinal trends in walking patterns and their impact on weight change', American Journal of Clinical Nutrition, 89/1 (2008), 19 – 26.

9장

1. Jeffrey A. Cully and Andra L. Teten, A Therapist's Guide to Brief Cognitive Behavioral Therapy (Houston: Department of Veterans Affairs South Central MIRECC, 2008).
2. G.M. Manzoni et al. 'Can Relaxation Training Reduce Emotional Eating in Women with Obesity?' Journal of the American Dietetic Association, 109/8 (2009), 1427 – 32; V. Vicennati et al. 'Stress-Related Development of Obesity and Cortisol in Women', Obesity, 17/9 (2009), 1678 – 83.
3. Nicole M. Avenue et al., 'Sugar and Fat Bingeing Have Notable Differences in Addictive-like Behavior', Journal of Nutrition, 139/3 (2009), 623 – 8.

10장

1. Adriana D.T. Fabbri and Guy A. Crosby, 'A review of the impact of preparation and cooking on the nutritional quality of vegetables and legumes', International Journal of Gastronomy and Food Science, 3 (2016), 2 – 11.

11장

1. Food and Agriculture Organization of the United Nations, Global Food Losses and Food Waste: Extent, Causes and Prevention (2011) 〈http://www.fao.org/docrep/014/mb060e/mb060e00.pdf〉.

옮긴이 **신현승**

고려대학교 철학과를 졸업한 후 전문 번역가와 글쓴이로 활동하고 있다. 옮긴 책으로는 『육식의 종말』, 『쇼핑의 과학』, 『세계는 뚱뚱하다』, 『나노베이션』, 『인상을 보면 인생이 보인다』, 『세계신화사전』, 『하우스 박사와 철학하기』, 『인헤리턴스』, 『너무 많은 관계 너무 적은 친구』 등 다수가 있고, 쓴 책으로는 『한 줄로 시작하는 서양철학』이 있다.

더 이상 다이어트는 하지 않습니다
_일상 다이어터를 위한 심리학

초판 1쇄 인쇄 2021년 5월 10일
초판 1쇄 발행 2021년 5월 20일

지은이 카리나 멜빈
옮긴이 신현승

펴낸이 김영애
펴낸곳 moRan
출판등록 제406-2016-000056호
전화 031-955-1581 | **팩스** 031-955-1582 | **전자우편** moran_con@naver.com

ISBN 979-11-958060-7-2 03840

* 책값은 뒤표지에 있습니다.